U0472816

绫辻行人 王玮 译

# エピソードS Another

# 替身S

上海文艺出版社

图书在版编目(CIP)数据

替身 S/(日)绫辻行人著;王玮译. —上海:上海文艺出版社,2014
ISBN 978-7-5321-5375-6

Ⅰ. ①替… Ⅱ. ①绫… ②王… Ⅲ. ①长篇小说-日本-现代 Ⅳ. ①I313.45

中国版本图书馆 CIP 数据核字(2014)第 124629 号

**Another episode S**

© Yukito Ayatsuji 2014
Edited by KADOKAWA SHOTEN
First published in Japan in 2013 by KADOKAWA CORPORATION, Tokyo.
Chinese translation rights arranged with KADOKAWA CORPORATION, Tokyo.
through Timo Associates Inc., Japan
Cover illustration by Shiho Enta

著作权合同登记号 图字 09-2014-419

责任编辑:秦 静
特约策划:陶媛媛
封面设计:汪佳诗
封面插画:远田志帆

**替身 S**
[日]绫辻行人 著 王 玮 译
上海文艺出版社出版、发行
地址:上海绍兴路 74 号
电子信箱:cslcm@publicl.sta.net.cn
网址:www.slcm.com
新华书店经销 上海利丰雅高印刷有限公司印刷
开本 787×1092 毫米 1/32 印张 9 字数 275,000
2014 年 8 月第 1 版 2021 年 1 月第 15 次印刷
ISBN 978-7-5321-5375-6/I·4273 定价:65.00 元

给　亲爱的A. K.

# 目 录

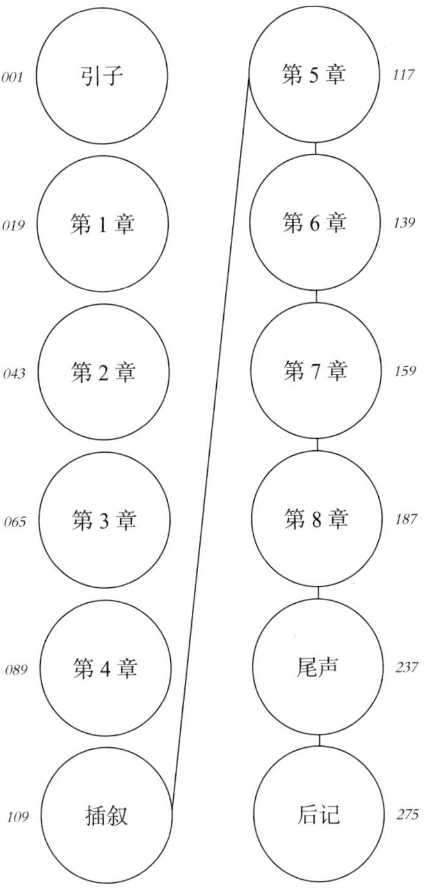

# 引子

## 1.

“榊原（Sakakibara）君，想听我讲个故事吗?”

见崎鸣以修长的指尖轻抚遮住左眼的眼罩，不紧不慢地说道，

“是你所不知道、发生在今年夏天的故事。”

“哎?”

我不自觉地发出疑问。

“可是和你所不知道的另外一个‘阿榊（Sakaki）’有关。——想听吗?”

此时我正身处御先町的人偶堂“夜见的黄昏下、空洞的苍之眸”。一如往昔，黄昏浸染的微暗中，鸣的脸上泛着生硬的微笑说道。虽然是她起的话头，但从言语中可以看出，她多少有些踌躇。

“你答应我不告诉其他人，我就说给你听。”

“另一个‘阿榊’是指?”

“他的名字不叫Sakakibara，而是Sakakiteruya。”

据鸣所说，Sakaki写作贤木，Teruya则是晃也——贤木晃也，我也是第一次听到这个名字。

“八月份的班级合宿前，我不是有一个星期左右不在夜见山吗?”

"唔……我想起来了，是和家里人一起去了海边的别墅，对吧？"

"就是在那个时候遇见的。"

"你是说贤木晃也？"

"该怎么说呢，应该是撞见了他的幽灵吧。"

"咦？"

我不禁感到诧异。

"遇见幽灵，呃，这个……"

"贤木先生是今年春天去世的，已经死了。因此夏天时，我遇见的是他的幽灵。"

"呃，难道他……"

"他和夜见山的'现象'没有任何关系，并非三年级三班复苏的'死者'，那是——"

只见鸣徐徐地闭上右眼，接着缓缓睁开，继续说道，

"没错，那是幽灵。"

鸣眼罩下的"人偶之眼"拥有可以看见"死之色"的能力，所以她能看见那个。

身处人偶堂"夜见的黄昏下、空洞的苍之眸"的地下展示室中，我呼吸着室内浑浊阴湿的空气，感到有些不知所措，视线也游移不定起来。

自从八月班级合宿的那一夜以来，今年的"现象"终于得以

停止。暑假结束，迎来第二学期，秋天的脚步越来越近。时间已是九月下旬，学校没课的第四个周六下午，我在合宿后接受了肺部手术，方才去夕见丘市市立医院做完预后检查，现在正走在回家的路上。

突然，我心血来潮，决定拜访一下许久未来的这里。

然而，不凑巧的是，一楼的展览室今天闭馆。我犹豫着是否要按响楼上见崎家的对讲机，最后还是作罢准备离去。就在这时，放在上衣口袋中的手机响了起来。

是见崎鸣打过来的。

“是榊原吗？你现在就在我家门前，对吧？”

她为什么知道我在这儿？我感到万分吃惊，鸣对此却只是轻描淡写地答道：

“纯属偶然，我无意中看了下窗外就……”

“是从三楼的窗户？无意中？”

我连忙抬头向上望去。从三楼的一扇窗户之中，可以看见一个轻轻晃动的黑色身影。

“你是用手机打的？”

“嗯，没错。我存过榊原君的号码。”

鸣曾告诉我说，那次合宿过后不久就把自己的手机扔到河里去了。还说就算这样，雾果阿姨也会很快帮她买一只新的……

“今天展览室没有营业呢。”

“因为天根婆婆少有地身体有些不适。”

“哎！”

“你不进来坐坐吗？”

“咦？没问题吗？”

“你很久没来这儿了。而且，今天雾果……妈妈也出门去了。我这就下楼给你开门，等我一会儿。”

## 2.

应该有两个月了吧。

如果我没有记错的话，最近一次来这间展览室还要追溯到七月二十七日。那天正好是十五年前产下我后逝去的母亲的忌辰，敕使河原邀我去咖啡店后，我拜访了这儿。

鸣告诉我说她要和家里人一起去别墅度假，记得也是那时候的事情。

“爸爸回来了。”

或许是我的心理作用，感觉鸣讲到这里的时候，脸色沉了下来。

“然后呢，他叫我和妈妈一起去别墅度假。虽说完全没兴趣，但因为是例常的事情，即使不愿意，我也不能说不去。”

“是在哪里的别墅呢？”

“海边，三小时左右的车程。”

“不在夜见山市里？”

“当然啦。夜见山又没有海……”

多等了“一会儿”后，我被迎进“夜见的黄昏下、空洞的苍之眸”无人的馆内。

伴随一声“叮铃”的门铃轻响，见崎鸣出现在我眼前。只见她身着一身零星缀有青色刺绣的黑色连衣裙，裙摆略长，左眼上依旧戴着眼罩。

“请进。”

只说了这么一句，鸣便径直走向通往地下室深处的阶梯。

追上她的同时，我发现她的腋下夹有一册素描簿。八寸大小，封面是暗淡的黄绿色。

建造在地下室、犹如地窖的展览室中，人偶和人偶部件遍布其间，和两个月前来的时候别无二致。只是房间的一角多了先前没有的桌椅——那是一张小巧精致的黑漆圆桌以及两把罩着红布的扶手椅。

“请进。”

鸣再次说道，示意我坐在扶手椅上。

“还是，不要在这里比较好？”

“没关系啦。”

我坐上扶手椅，手抵着胸口，深吸了一口气，说道。

“差不多也已经习惯这里了。”

“今天是从医院回来的路上顺道过来的？”

“你知道我去了医院？”

"前几天你说过。"

"哦，怪不得。"

托大家的福，愈后的情况非常好。主治医生还告诉我了一个令人高兴的消息，因为我下决心做了手术，以后再次发作的危险性应该会大大降低。

与我隔着桌子相对坐下后，鸣把拿在手上的素描簿轻轻地放在桌上。我注意到暗淡的黄绿色封面一角写有"1997"的字样后，低语道：

"果然。"

"果然什么？"

"这本素描簿的封面颜色和见崎平时带在身边的不一样。以前那本是焦茶色的，而且你看，这本的封面上印的是一九九七年。"

"想不到你观察得那么仔细。"

"这应该是去年的素描簿吧？那为什么到现在还带在身上呢？"

这是刚刚特意带下来的吧。

"我想要给榊原你看看。"

鸣微笑着说道。

"难道里面有什么特别的画？"

"虽然没有那么夸张的东西。"

鸣"呼——"地轻叹了口气，挺直身子，视线上扬，说道，

"但是我觉得里面有些东西，还是多少有点价值的。"

多少有点价值？——什么价值？

“好了，那么……”

鸣打住了话头，转身向我，然后开口说道，直勾勾的视线看得我不知所措。

“想听我讲个故事吗，榊原？”

见崎鸣以修长的指尖轻抚遮住左眼的眼罩，不紧不慢地说道，

“是你所不知道，发生在今年夏天的故事。”

## 3.

贤木晃也——另一个叫 Sakaki 的人。

据说鸣和他第一次见面是在前年——一九九六年夏天的时候。当时，她还只有十三岁。进入初中后第一个暑假，和往年一样，全家一起去了海边的别墅。

“爸爸有熟人住在离我们别墅不是很远的绯波町，是一户姓比良塚的人家。我们有时候会互相拜访，偶尔也会搞个类似家庭 Party 的聚餐会……”

如果是在见崎家举办的话，谁来准备料理呢？——刹那间一个完全无关痛痒的疑问划过我的脑际。

雾果阿姨看上去就对料理不在行，鸣的做饭能力也几乎为零。那么，难道是她的父亲？

虽然是个完全无关紧要的问题，可鸣仿佛看穿我的内心似的对此解释道：

“那个人……我父亲由于长时间待在海外的缘故，因此似乎喜欢家庭聚餐会这一套。但是料理大都是找外面的人准备好再送过来的，所以……”

原来如此啊，可以理解，可以理解。

“前年暑假，贤木先生也和比良塚一家一同前来参加聚会。他呢，是比良塚夫人的弟弟。”

说着鸣把手伸向桌上的素描簿，翻开封面，从中取出一张夹在书页间的相片。

“这就是那时候拍的照片。”

说完，鸣默默把照片递给我。“嗯嗯”我一面一本正经地点了点头，一面把目光落在接过来的相片上。那是一张 2L 判[①] 大小的彩色照片。

拍摄的地点应该是在别墅的阳台吧。

上照的除了雾果阿姨、鸣，另外还有五位男女。虽然是两年前拍的，但不可思议的是，鸣的样子和现在相比，一点变化都没有，唯一不同的只是没有戴上眼罩。

“眼罩呢？没看你戴嘛。”

“妈妈告诉我说，因为要招待客人，所以让我把眼罩摘掉。”

---

① 日本照片尺寸，约 127mm × 178mm，相当于 7 寸大小。

鸣自幼便失去左眼，据说绿色瞳孔的义眼——人偶之眼，本来就是由身为人偶家的雾果阿姨替女儿特别制作的东西。然而自己特制的义眼却被眼罩遮住，在她看来或许有些遗憾吧。

“最右边的那个人就是贤木先生。两年前的这时候只有二十四岁。”

“哪个是令尊呢？”

“这张照片就是由那个人拍摄的，所以里面没有他。”

看上去，比良塚夫妇的中年男女之间端坐着一个幼小的女童。而和两夫妇保持距离、站在右侧贤木先生身旁的，则是一个小个儿的男孩。

相片中大部分人都对镜头回以相应的笑颜，而其中没有笑的只有鸣和贤木二人。

“贤木先生身边的男孩子是小想，是比良塚夫人……好像名字是叫月穗吧……的儿子。当时念小学四年级。”

——也就是说，比我和鸣还要小三岁。

虽然比不上鸣漂亮，但也算是个皮肤白皙的文静少年。也许是我的多心了吧——笑是笑了，可看上去总觉得笑容中透露着些许寂寞。

“这个小姑娘是？”

“那是小美礼，那个时候还刚刚三岁吧。她是小想的妹妹，不过父亲不一样。”

“也就是说……”

“月穗小姐和比良塚先生是再婚。小美礼是和比良塚先生结婚后生的，小想是前夫的儿子。听说他出生后，父亲就过世了。”

唔，看来关系有些复杂，但还没到混乱的地步。

“总而言之——”

鸣一边两手撑在桌子边缘，托着腮帮，一边探身向前，看着我手边的照片说道：

“那次是和贤木先生第一次见面。对于别人的提问，他都会有问必答，但从不会自己主动想要说些什么，是个少言寡语、难以相处的人。这就是我对他的第一印象。”

“那他和千曳老师有点像嘛。”

“有吗？”

“不是像年轻时候的千曳老师啦。他现在和以前照片上的样子感觉还是差蛮多的。所以你想象下下，如今的千曳老师变回二十多岁的时候，贤木先生和他很像吧。戴个眼镜的话，看上去就更像了。”

“——好吧。”

“贤木先生不和比良塚一家住在一起吗？”

“嗯。”鸣回答道。说完便从我这儿收回了照片。

“他一直独自居住在‘湖畔之家’中……”

鸣把照片放在圆桌的边上后，少许犹豫了一会儿，最后再次把手伸向素描簿，翻到中间向我示意道：“喏，就是这个。”

那是一幅画有某幢建筑的素描。

虽然仅是普通的铅笔素描，但以初中生来说画工已是相当出众。

素描以森林作为背景，光看就能知道所画的是一栋豪华巨宅。这就是鸣刚刚所提及的“湖畔之家”?

画中所绘的是一栋两层楼的西洋式建筑。外墙上像是铺有雨淋板筑[①]，窗户基本上都是纵长的上下推拉窗。屋顶不是对称的山形，而是由两种不同角度的斜面拼接在一起，贴近地面的地方并排有许多小窗……

“下一页画的也是‘湖畔之家’。”

鸣对我说道。于是我翻到下一页，这次是从其他角度捕捉到的构图。

二楼的部分窗户和其他的迥然不同，很有特点。犹如椭圆的下半部分被斜切了一刀，左右对称各一个。——总觉得看上去有点像“宅邸的双眸”一般。

“感觉和阿米蒂维尔之家[②]有点像嘛。”我无意中把自己心中的感想说了出来。

“那是什么?”鸣歪着头，略显疑惑地问道。

---

① 为了防止水跑进去，而将板子重叠铺设于外墙上的木板。

② 房屋原形坐落于美国纽约州阿米蒂维尔，曾发生过杀人事件。三楼的阁楼有两扇长方形的窗户，远望像是一双人的眼睛。美国作家杰伊安森（Jay Anson）以此创作过恐怖小说《鬼哭神嚎》(*The Amityville Horror*)。后改编拍摄成同名电影。

“你没看过《鬼哭神嚎》这部电影么？阿米蒂维尔之家在里面有登场。”

而且还是货真价实的鬼屋哦。

“没看过。”

鸣依旧歪着脑袋，干脆地回答道。

## 4.

“这是去年夏天画的？”我推测道。

因为右下方一角潦草地写有“1997/8”的字样。

“去年我也去了海边别墅，那房子是在附近散步的时候发现的……于是有点想要试着把它给画下来。”

鸣轻轻地合上素描簿，回答道，

“而那碰巧又是贤木先生的家。”

“你去年也见过贤木先生？”

“见过几次吧。”

“是在写生‘湖畔之家’的时候？”

“那时也遇见过他，但去年的第一次见面是在海边。”

“海边？你刚刚不是说他住在‘湖畔之家’么。”

“啊，是嘛。与其说是湖泊，因为并不怎么大，所以给人的感觉更像是池子。”

鸣瞬间眯缝起右眼说道，

“从海岸穿过树林，再走一会儿就能看见这个叫水无月湖的池子了……哎，到头来还是湖啊。”

无奈对那边的人情地貌毫无了解，即使鸣作了如此说明，我还是一点概念都没有。

“贤木先生那会儿正在海边拍照，摄影似乎是他的兴趣。当时小想也和他在一块儿，而我则是在海边散步……那次是时隔一年后的再遇，他们也记得前年的事情。”

“是嘛。那你们当时有说上话吗？”

“聊了几句吧。”

我还想继续问鸣，你们说了些什么，但最后还是打消了这个念头。

我也真是的，接二连三地不断向她发问……应该说是因为觉得难为情，或是感到羞耻，才没有继续追问呢。

感觉她可能也快受不了，像是要开口抱怨说“好烦，一直问这问那的”，然后拒绝回答我的问题了吧。

然而她却自顾自地继续说了起来：

“那个时候贤木先生突然向我搭话，哎呀，今天有戴眼罩嘛。”

“你是叫鸣吧。去年我们在见崎先生的别墅有见过面。”

据说那时贤木先生手持单反相机，左脚看上去有点瘸。

“你的脚受过伤？”

鸣试探地问道。

“嗯。这个啊……”

他微微地点了点头回答道，

“很久以前，我遭遇了一场事故。”

贤木先生告诉她说，当时受的伤没有得到根治，使得现在需要拖着左脚走路。事故发生在他上初中时。当时全班同学乘坐的巴士撞上了卡车……

“哎？”

倾听着鸣的话语，我的心弦突然为之而震动，不由得想起另外一件事来。

“初中的巴士事故？”

鸣方才说过，贤木晃也前年是二十四岁，两年后的今天应该二十六岁了。那么十多年前，他还是初中生的时候是……

“难道说……”

我小声嘀咕道，同时深吸了口气，

“贤木这个人以前住在夜见山？中学念的是夜见北，三年级时被分到三班。这样的话莫非那起事故是……”

“那就是‘八七年的惨案’。”

鸣老实地点头回应道，

“我和你想的一样。今年的‘对策’开始后，我从千曳那里详细打听了过去发生过的‘灾厄’，脑海就回想起那时贤木先生说过的话。”

十一年前——也就是一九八七年的春天，修学旅行的时候，

“灾厄”降临在了三年级三班身上。分班搭乘的巴士从夜见山出发，在驶往位于市郊的飞机场的途中出了车祸。三年级三班乘坐的巴士撞上了迎面驶来的卡车。据说当时卡车司机正打着盹，迷迷糊糊的……

包括学生和班主任在内，一共七人死于那起车祸。贤木先生应该就是在那次意外中左脚负伤的吧。

“所以，今年夏天我想，再去海边别墅遇到贤木先生的话，一定要和他确认一下。或许能挖出一丁点儿有用的情报也说不定。”

鸣以沉静的是声音继续说道。

啊啊啊，真是的！我责难地瞪向她。

什么都不说，全部自己一个人承担。至少和我说一声，让我知道下也好啊！唉，不得不承认，这就是见崎鸣的行事作风吧。

对我心中的所思所想仿佛毫不介怀似的，鸣继续说道：

“但是，去了之后发现贤木先生已经在今年春天，五月初的时候就去世了。”

轻叹了口气后，她缓缓地撩起刘海，说道，

“结果我遇见的是那个人的幽灵。——怎么样，榊原，继续吗？还是被勾起了不好的回忆，所以不想听下去了？”

“呃……”

我稍许皱了下眉，以大拇指按在右太阳穴上。明明脑中传来阵阵“嗞、嗞……”的重低音，我却依然回答道：

“我还是想继续听下去啊。”

只见鸣一下子绷紧嘴唇，点了下头后，开始诉说道：

“今年春天的时候，贤木先生死了。可是却找不到尸体……于是变成幽灵的他开始找寻自己的尸体。”

# 第1章

人死后会怎么样？

——嗯？

死后会去到“那个世界”吗？

哎呀……怎么说呢？

是去天国，还是地狱？

怎么说呢，天堂和地狱都是人类想象出来的产物。

那么死后会变得什么都不是，回归于“无”？

……不对，我觉得不是这样的。

是吗？

嗯，人死后呢，一定会……

## 1.

去年，记得是七月底左右，我在能望见来海岬灯台的海岸边邂逅了那名少女。至于确切的日子就不记得了。

少女名叫鸣，还是初中生。我还记得和她相遇，这已经是第二次了。

第一次是在两年前，应该是八月初，月穗邀请我参加在见崎家别墅举行的晚餐会。

期间只是简单交谈了几句，互相问个好的程度而已。记忆中她是个有着纤细身体、白皙皮肤的文静少女。看上去有点寂寞，不怎么享受晚餐会的样子。

当时最让我印象深刻的是少女的左眼是绿色这件事。听说是身为人偶家的母亲为女儿制作的特殊义眼。

因此，那闪烁着有些不可思议绿色光芒的义眼，鲜明地烙印在我心中。

所以当去年夏天再会的时候，见到她左眼的眼罩，我不禁脱口而出：

“哎呀，今天有戴眼罩嘛。”

接着又下意识地说道：

“明明有着如此美丽的 odd eye，你为什么要藏起来呢？”

“odd eye 是什么？”来找我玩的外甥想问道。和平时一样的语调，变声期前特有的澄清的男童女中音。

“那是指左右两只眼睛的颜色不一样。”

回答完后，我走向少女。

“你是叫鸣吧？去年我们似乎在见崎先生的别墅见过面。”

“——你好。”

少女的问候声小到像是被海浪声盖过一般。之后，只见她的右眼视线停留在我的左脚上。

“你的脚受过伤？”少女问道。

“嗯。这个啊……”我低头看了下自己的左脚，点头回答道，“很久以前，我遭遇了一场事故。去年你没注意到吗？”

“呃……嗯。”

“当时受的伤没有得到根治，现在不得不拖着左脚走路，还好不痛了。”

说着，我轻敲了下左膝给她看，

“那可是次严重的事故。我上初中时，班上同学乘坐的巴士撞上了卡车……”

少女无言地歪着脑袋。

于是我继续说道：

“几个班上同学和班主任都死了，我却保住了性命。”

“……”

“再重新自我介绍一下，我叫贤木晃也，请多指教。”

“嗯。”

“你应该认识吧，这是我的外甥，他叫想，是我姐姐比良塚月穗的儿子。放假经常会跑来找我玩……小想，你这么粘我，我是挺高兴，但在学校也要好好地去交朋友哦。”

只见想一声不吭地从我身后畏畏缩缩地走出来，和少女同样小声地寒暄了一句：“你好。”声音像是被海浪盖过一般。

之后，我记得好像和她漫无边际地闲谈了一会儿。期间有聊到我的兴趣爱好是摄影以及这附近的海边偶尔可以看见海市蜃楼之类的话题……

虽然我和鸣在去年，甚至这之后都有见面聊天的机会，但细节部分却怎么也想不起来。或许以后会慢慢回忆起来也说不定，当然也可能永远都想不起来。

然而我却清楚地记得在某次机缘巧合下，曾对她说过这样的话：

“透过那只绿色的眼睛，或许你和我看着相同的东西，注视着同一个方向呢。”

当然，我是知晓鸣失明的眼睛被人工义眼所代替还如此说的。

那时她听了我的话，有点像是被吓着似的重新看向我，自言自语道：

“为什么你会……”

“说得也是，为什么呢？”

连我也困惑自己何出此言，只能含糊其辞。

少女的名字读作 mei，misaki mei。

Mei 据说写作鸣动的鸣，雷鸣的鸣，全名是见崎鸣。

而我，贤木晃，也就在这之后大概九个月后死了。

## 2.

“死了”并非比喻，没有“行尸走肉”或是“我心已死”之类的含义在内。

我死了。

我现在已经不是“活着的人”，而是“死人”，这点毋庸置疑。

今年春天五月初的某一天，我真真正正地死透了。

没有呼吸，心脏停止跳动，大脑也永久地停止了工作……然后就变成了这样的存在：失去了活着时候的身体，只有“我”这个意识残留了下来（——灵魂？）。通俗点说就是幽灵。

我死于五月初，临近黄金周的尾声，五月三日，星期天——二十六岁生日那天。

晚上八点半刚过那会儿，我依稀记得夜空中悬着一轮朦胧的半月。

自己殒命的瞬间，以及即将死去之前的那段光景，伴随着若干声响，宛若一幅画一般，清晰地浮现在我脑海中。

地点是在我家中，挑高至二楼的宽敞大厅内……

大厅位于我一个人常年居住的“湖畔之家”玄关一侧的中央，兼作楼梯厅之用。从很久以前，我和月穗就称之为“外厅”。

记忆中我倒在“外厅”漆黑坚硬的地板上。身着白色长袖衬衣和黑色长裤，总感觉穿得像中学生。

身子仰躺，伸展开的手脚弯折成扭曲的角度。就算想动也完全动不了。

脸庞转向侧面，和手脚一样动弹不得。不知脖子骨是不是断了？

然后鲜血从头部不知位于哪里的割伤处喷溅出来，染红了脸颊和额头，在地板上慢慢地形成一摊血渍，死状显而易见很是凄惨。

这幅“画面”是我临死之际，透过睁开的双眼依稀看见的。

然而一般来说，理应是看不见自己将死模样的。这只是个很单纯的脑筋急转弯。

当时，我是通过镶在墙上的镜子目睹这一切的。

那是一面比成人体型还要巨大的长方形镜子。

濒死之际，我的目光无意中捕捉到了映照在镜中的那副“画面”——自己临将死去的身姿。

只见镜中我满是血污的脸上表情突然发生了变化。

因变形而扭曲的僵硬脸部逐渐舒缓开来，宛如得到解放，变得自由一般，表情从痛苦、恐惧、不安不可思议地变得安详恬静。

忽然，嘴唇看上去微微颤动了一下。

那是在说着什么吗？

说的是什么呢？

但是我现在完全不记得自己那时究竟打算说些什么，又说了些什么。连那时的所思所感都回忆不起来。

大厅中的古董旧钟响起八点半的钟声。

像是要与这厚重的回响演出双重奏一般，不知谁发出的一阵微弱呼喊声传入我的耳际。

只听有人正叫着我的名字：“……晃也。”

我突然注意到，镜中自己迈向死亡的光景一隅，映照出了发出呼喊声之人的模样。那是……

……

……

我“生前的意识”就在这之后中断了。虽然没有发生俗称的“灵魂出窍”，但那应该就是我死去的瞬间了。

如今依旧栩栩如生残留在脑际、与死亡相关的记忆的前后，犹如笼罩于浓雾中一般，尽是空白的一片。“为什么会死?”“死后又发生了些什么?”之类的问题，我一点都不清楚。特别是之后发生的事情，与其说是一片空白……不如说是深不见底的黑暗。

一片无尽空虚的死后黑暗。

于是我，贤木晃也就这么死了。

那之后，不知为何，我变成现在这个样子——也就是俗称“幽灵”的存在。

## 3.

幽灵这玩意儿，其实是非常不稳定的存在，仔细想想还是挺理所应当的。然而这是我亲身实践过后才认识到的。

自从那晚死了以后，我没有正常人的时间流逝感。

因为没有肉体，理所应当连正常的身体触感也全没有。

虽然能回想起些什么，但该说是过去的记忆很模糊呢，还是……总之时断时续，变化起来反复无常。

应该说没有连续性、尽是不连贯的片断比较好吧。

时间、知觉、记忆，甚至连现在的意识皆是如此。

我一边勉勉强强地整合这些没有连续性的片断，一边尽最大限度地保持自我。也许下一刻就会分崩离析，所有的一切真的会烟消云散……

我深刻地感受到这份危险性，不过就算犯愁也于事无补，只能如实地接受现实。

反正我已经死了。

## 4.

知觉再次降临在我身上，是在死后过了两个星期的时候。

话虽如此，当然不是“死而复生”。只是突然从死后被拉入的黑暗中解放出来，对自己身在此处有了实感——这种意义上的苏醒。

起先我完全不清楚到底是怎么一回事。

睁开眼睛，最先跃入眼帘的是先前见过的大镜子。

那面镶在外厅墙上的长方形大镜子曾淡淡地映照出我行将断气的身影。

镜子是突然出现在我的视野中，身前一两米的地方。也就是说——

我先前就在镜子前，并且能体认到自己就站在这里。

然而，眼前的镜子却完全没有映出我的身姿。除了我之外的东西都如实地倒映在镜中。

可我明明能切实感觉到自己的身体啊。

有手有脚，身体和脑袋都好端端地待在原处。双手和两眼也能直接触碰和看到其他事物。身上穿着和死去那夜一样的白色长袖衬衣和黑色长裤。

我有身在此处的自觉。

尽管如此，镜子中却没有我。

这究竟是怎么一回事？

伴随着强烈的困惑和混乱，我逐渐开始能正确把握住现今的状况。

我人在这里。

但并不是身为拥有实体的“活人”，而是已经失去肉体的死者。

当下我感受到“存在于此”的身体和这身衣服，实际上并不存在。这一定全都是只有我自己能感觉到、类似于“生时残像”的东西。因此，也就是说——

身为幽灵的我似乎不知为何在这里苏醒过来。

我把视线从镜子中移开。

眼前的地板上，死时的血痕一丝不留。或许在那之后，被谁抹去了吧。

我不紧不慢地环视四周。

古董大钟稳坐于通向玄关的门边。死前奏响钟声的时钟指针，此刻停在六点六分上，纹丝不动。估计死后也没人为它再上过发条吧。

我试着向二楼移动。

自以为是“步行登上阶梯”，但这应该也只是“残像的感觉”吧。“走路”的时候和生前一样，一定也是拖着左脚的吧。

通往二楼的回廊风格的阶梯，绕着挑高大厅盘旋向上有半圈之多。

二楼除了我的书房和卧室，长年累月不怎么使用的空房也有好几个……话说，就算变成幽灵了，关于这间宅邸的大致情报似乎依旧残留在我的脑海中。

步行在二楼走廊的途中，突然，我的目光被面向挑高大厅一侧围设的木质扶手吸引。

一部分的扶手有损毁过的痕迹。

不知道是折断还是裂开了，有人曾用新的木料填补修理过。看上去只是应急处理。

我越过扶手，眺望一楼地板。

那一夜，临死前的我就是正好倒在这下面吧。这么说来——

死前我是从这里摔下去的吗？因此加之脑袋被狠狠敲了一下，也不知道脖子究竟断了没……

我小心翼翼地探寻雾霭笼罩的空白记忆深处。接着……

有人说话的声音：“你这是做什么……晃也。”

不知道是谁的声音："……快停下！"

又传来好多声响："……不要管我。""怎么能这么说呢……不行！"

忽然，重新回想起的话语"咻"地一下子又消失了。

我继续沿着二楼走廊往深处前进，而后进入一个房间。

那是我的卧室。

尽管青苔色的窗帘被人拉上，但还是有室外光线从缝隙间射入，房内略显昏暗。

室内的小型双人床上好好地罩有一层床罩，看上去已经长时间没有人使用过了。

床头柜上放着一个小巧的时钟。

那是一台使用电池的数字钟，和"外厅"的大时钟不同，有在正常工作。指示器显示当前时间为下午两点二十五分。连日期都有显示——五月十七日，星期日。

我终于意识到，从五月三日我死后至今，已经过了两个多礼拜。

两周前的那一夜，在这个家中到底发生了什么事？

期间又经过了怎么样的曲折变故，使我竟然惨死当场。

升腾起的浓雾依旧没有散去的迹象。

我记得自己死时发生的事情，但前后的状况却无法清晰地回忆起来。我真想感叹："变成'失去记忆的幽灵'的自己还真滑稽呢。"

可我究竟为什么会死掉呢？

就在我打算回答这切实疑问的同时，宛如信号不良的电视机画面一般，眼中所见的景象突然“哕啦哕啦”地杂乱无章起来。一瞬间，好几幅画面浮现在眼前。

床头柜上放有不知名的酒瓶和玻璃杯。

接着是房间中央垂下的白色物体在不断摇晃着。

哎？

这都是些什么啊？——我还想一探究竟，可影像早已消失不见。

“到底这……”我不知所措地嘟哝着。

果然，变成“生时残像”的我的耳朵能捕捉到自己喉咙中所发出的声音。与生前温柔的男中音截然不同，低沉嘶哑。听上去像是喉咙裂开了一样，让我很是大吃一惊，不由得把两手放在喉咙上。

只是“残像”的指尖触碰得到只是残像的肌肤。——啊，我不知道怎么来形容这份触感，但是……

“喉咙吗？”

我再次嘟囔道。

声音听上去依旧那么沙哑低沉。

喉咙一定哑掉了吧。两周前死去的那个时候，从二楼走廊坠下楼，脖子也不知道断了没断……所以就算变成了幽灵……

虚无的黑暗再次不期而至，把黯然伫立在原地的我吞没。

## 5.

我们经常说幽灵“神出鬼没”。

有时是在墓地，有时是在废墟和废弃的宅子中。

或是发生过事故的十字路口、隧道……幽灵大多都出没在这些地方。

对正常世界的人来说，基本上是看不见也感觉不到幽灵的。就算在某种机缘巧合下碰上了，也一定会首先惊讶地大喊：“有什么东西冒出来了！”害怕得不得了。

人类通常无法正确预测幽灵何时何地会出现。即使有心试着去猜测，结果往往都会落空，所以才会感到害怕。——幽灵就是这样一种存在。

然而，自己变成现在这样后，才觉得幽灵这边的情况也是半斤八两。也就说……

死者的灵魂就算死后继续流连在“这个世界”中，也是不受自己控制且不安定的存在。

它不具有连续性，只是把不连贯的部分拼凑起来，勉强保持住它们的同一性。

因此——

身为幽灵的我并非一直“存在”。不能说“存在”于世间，只是“出没”而已。

没有一定的规律性，目的以及意图也不明确（我是这么觉得的）。偶尔现身一次后又再次消失。我也不清楚幽灵的生态一般是怎么样的，就算想要了解也无从下手。因此至少现阶段我是如此认为的。

虽说是不怎么恰当的比喻，但以“沉睡”、“苏醒”之类的词语来形容的话，似乎可以解释现今的状况。

死后变成幽灵的我平时都沉睡于某片虚无的黑暗中。那大概是位于此岸与彼岸夹缝间吧。我有时会从睡梦中苏醒，在现世徘徊一会儿，也就是俗称的“神出鬼没”。

出没的这段时间，我一门心思只反复考虑有关自己死去的种种问题。

我为什么会死？

我死后又发生了些什么？

我……

以上这些就是身为“失忆幽灵”的我所抱持的问题。加之——

笼罩我全身那种无以名状的悲伤感情究竟……

我在为什么而伤心呢？

而从中衍生出更大的疑问：事到如今了，我还在伤心个儿什么劲呢？

对自己死去这件事？

还是对自己死前年度过的二十六年人生？

抑或是……

## 6.

自从五月十七日苏醒以来，我偶尔会出没于“湖畔之家”中。

那段时间，我独自一人漫步徘徊于早已空无一人的家中，逐渐重新勾勒出自己日益稀薄的生前轮廓。

我名叫贤木晃也。

一九七二年五月三日于夜见山市出生。

男性，单身。——享年二十六岁。

对，这就是我。

父亲的名字是翔太郎，全名贤木翔太郎。虽然自身是个优秀的医生，但因为身患重病，最后不支倒下，去世时享年六十。这起不幸发生在我就要满二十岁的节骨眼上。

我母亲名叫日奈子。

在她四十五岁左右，突然去世了，比父亲过世得还要早。那是距今十一年前，我还是初中生时发生的事情了……

月穗姐比我年长八岁。

同样在十一年前，她的丈夫早早地亡故，她带着只有一岁的儿子想回到娘家，可谓祸不单行……最终，我们一家决定离开夜见山。

于是最初定居下来的就是这间“湖畔之家”。

建造在绯波町水无月湖边上的这栋宅邸原本属于父亲翔太郎。因此十一年前的那次举家迁居，要说的话，就像紧急避难似的。实际上，翌年我们就在其他地方买了新房，全家人都搬去那里住了。

我继承了“湖畔之家”当作自己的住所使用，是在父亲死后不久。当时，我正就读于县内的某所私立大学，便以此为契机决定休学，于是两年后中途退学。

之后我便一直独自居住于此。鉴于父亲留下的巨额遗产允许如此任性地生活，我从没有想过去找一份正经工作。

“从很久以前我就很喜欢这里。”

我记得曾向谁如此说过。至于是什么时候，对谁说的，这就……

“父亲一定也很中意这边，似乎时常会一个人过来，住上个几天。”

追溯过去的话，“湖畔之家”好像是距今十多年前，外国某个有钱人模仿自己祖国的建筑风格建造的。据说是无意中被父亲发现，对其很是称心，就决定花钱买下。

除去二楼的书斋，一楼深处还有一个大书库。书架上堆放了的上千册书（也许还不止），大多都是死去父亲的藏书。

儿时每次来“湖畔之家”，我一定会在这里度过大量时间。书库内不仅鳞次栉比摆放了许多“大人的书”，连能让小孩子沉醉其中的漫画和小说都收藏了许多。

自从我成为“湖畔之家”的主人后，外甥想经常会来这里玩。和我小时候一样，他把书库当成图书馆使用。不过从比良塚家到这儿骑自行车都要花将近三十分钟，来一次可说相当麻烦。

月穗现在的丈夫比良塚修司对她一见钟情，之后再婚是在父亲过世的两年前。我开始住进“湖畔之家”那会儿，恰好姐姐肚子里正好怀上了小美礼。

虽然小想把身为叔父的我当作兄长来仰慕，但我偶尔或多或少会感到有些担心。对自己母亲再婚后生下的同母异父的妹妹，他一定抱有复杂的想法。平时别看他一声不响又腼腆怕生，实际上是个非常聪慧的孩子。正是因为这样，如果想得太多的话……

“晃也叔叔打算一直一个人住在这里吗？”

话说曾几何时，想如此问过我，

“不结婚吗？”

“因为没人要呀。”

记得那时候我略带玩笑地回答道，

“一个人也还乐得清闲呢。我很喜欢这个家，而且……”

而且什么呢……好像那时我没有继续说下去，噤声不语。想疑惑地抬头看着我的脸庞。

## 7.

到底世间是如何看待我死去这件事的呢？——不对，说来大家都知道五月三日我死了吗？

时间已迈入五月下旬，我自然而然地产生如此疑问。

我死后已经过了半个月之久，理应没有人居住的这个家中却没有死气沉沉，该说是依旧感觉得到生的气息吗……

厨房里的冰箱传出正在工作的声音。有一次现身的时候，我甚至听见了电话铃响。

放置在“外厅”的电话传来响铃声时，我恰好身在二楼的书斋内。由于有些在意是谁打来的，我便走下楼去。当然幽灵肯定是没办法去接这通电话的。

传出声响的是带有来电留言功能的无绳电话母机。在应答信息和提示音响起后，对方的声音从听筒中流泻出来。

“哟，是贤木么？好久不见，你还好吗？我是 Arai 啦。”

Arai ……是新井？还是荒井？①

我从琐碎记忆的探寻中总算想起了些什么，记得过去同年级

① 新井和荒井日语发音皆为 arai。

的学生中，好像是有叫这名字的家伙……

我嘴巴上告诉想要他多交朋友，可自己生前——特别是这几年间却几乎不曾结交过可以称之为友人的人。

感觉也并非由于完全不爱交际，只是我实在不擅长迎合他人的兴趣和对方的情绪，跟不上谈话节奏。久而久之，关系也就淡薄了……

“最近我还会打过来的。”

Arai 继续说道。但我还是想不起他到底长什么样子。

“你大概还是和以前一样过得逍遥自在吧。对了，我有点事想和你商量下……如果有兴趣的话不妨打电话给我好了，行吗？”

我生前在世人眼中的第一印象毫无疑问就是：好歹是个成年人了，却连个正经工作都没有，整天浑浑噩噩地混日子。要说是“高级无业游民”一般的生活吧，但听上去又怪怪的。先不论无业游民与否，到底算不算高级，这对我而言都是一个疑问。

偶尔我会突然带着心爱的相机开车远行。大学休学那段日子里，甚至会心血来潮地一个人跑去国外。记得东南亚、印度和南美都去过一次，但是……

但不管哪一次，事到如今我都感到现实感稀薄，宛如一场遥不可及的梦一般。

我究竟在一次次的旅行中追求什么呢？——我现在完全回想

不起当时自己怀揣的是何种心情。

“湖畔之家”的各个角落都装饰有自己拍下的照片。有旅行途中拍摄的，也有不少这里附近的作品，甚至还有在海边碰巧抓拍到的海市蜃楼。

## 8.

我一边坐在二楼书斋写字台前的椅子上（应该说是自以为坐在椅子上），一边沉浸在回忆生前的思绪中。

大写字台上放有一台老型号的专用文字处理机。然而，如今我却没有启动它的“力量”。

对没有肉体的幽灵来说，按下机械的电源或是进行操作……像是这类的动作，基本上无法实现。不过触碰挪动物体也并非完全不可能，例如打开书本或是笔记本，开关房门之类的事情，还是做得到的。

“这是什么照片？”

记忆中曾被人如此问道。那是什么时候的事？又是谁问的呢？

“右边的是贤木先生？”

至少应该不会是想。他可从不称呼我为“贤木先生”。

成为疑问对象的彩色旧照片，如今保存在书斋写字台上朴素的白木质相框中。

那是一张五名年轻男女的合影。

男性三人，女性两人——相片中站在右侧的那个人的确就是我。身穿藏青色的 Polo 衫，右手叉腰，左手拿着根茶色手杖，对着镜头露出灿烂的笑容……

摄影地点似乎就在附近。照片背景是一片湖。难道这是在水无月湖岸边拍摄的纪念照吗？

相片的右下角标示有摄影日期：1987/8/3。相框边缘的部分用手书写有“摄于初中最后的暑假”字样。

一九八七年的话，对了，正好是距今十一年前。母亲突然去世、我们一家搬离夜见山的那一年。这是那年暑假……

当时我贤木晃也十五岁，初中三年级。

其他四个人也是……想起来了，他们是我同年级的朋友。

“这是一张满载回忆的照片。”

记得我是如此回答的，

“在那个值得纪念的暑假拍的。”

“是嘛。”

对方若无其事地回应道，

“照片上的贤木先生笑得好开心，和现在完全不一样，简直判若两人……”

正当记忆追溯到这儿，我终于想了起来。

原来如此，是那名少女吗？

去年七月末于海边再次邂逅，有着 odd eye 的少女。之后她拜访这儿的时候……

记得少女的名字念作 Mei，Misaki Mei。

Mei 写作鸣叫的鸣——见崎鸣。

# 第 2 章

变成大人是怎么一回事呢？

——嗯？

你小时候没有想过快点变成大人吗？

哎呀……怎么说呢？

到了几岁才算变成大人了呢？

二十岁就算大人了，但是很久以前成人礼被称作“元服”，男子在更早的时候就举行了，那时才只要十二岁。

时代的不同，变成大人的时间也会不一样？

不同的时代，不同的国家，不同的社会，标准都会不一样。

懂了。

我是觉得升上高中应该就已经算是大人了。初中生之前还都算小孩子，毕竟还处于义务教育期间，还不能结婚。

变成高中生就能结婚了？

规定女孩子要满十六岁，男孩子十八岁才能结婚哦。

这样子啊……

## 1.

都说幽灵可以“附身”到其他东西身上。

附身对象可以是特定的场所和人，有时也会是一件东西。

例如幽灵附身到一件屋子上，那栋宅邸就会变成鬼屋。附身到人身上的话，最坏的情况是那个人会被诅咒而死，就像四谷怪谈[①]中所描写的一样。比如给持有者带来不幸的“诅咒之石”之类的，就是幽灵附身到东西上的实例。

世间有很多以幽灵为题材的小说，但终究都只不过是生者的想象产物。实际上幽灵是什么样，没有人知道，就算想要了解也无从下手。

于是，真正变成了幽灵的如今，也不能就因此说我通晓关于幽灵的一切。知道的终究只有关于自身的情况。

话虽如此……

实在很令人在意，为什么我会变成现在这个样子呢？

死去的人不可能都像我这样。

人死后会怎么样？是会去到俗称“天国”或是“地狱”那个世界吗？还是死后等待着我们的本来只有“虚无”呢？——先撇开这种大问题不管。

实在难以想象像我这种半吊子、身不由己、不安定的状态是正常人死后应有的形态。如果世界上尽是这种幽灵的话，那岂不是要乱套了……连身为幽灵的我都这么觉得。

现在这样，在死后的状态中也算是特殊至极了吧。

也因此——

---

① 《四谷怪谈》是以元禄时代发生的事件为原形创作的怪谈故事。讲述的是阿岩被丈夫伊右卫门残忍杀害后，变成幽灵向其复仇的故事。

有一点我实在无法不去在意，在意得不得了——

那就是“我为什么会变成现在这个样子呢？”

不禁让人觉得其中一定存在相应的理由。

如果我，也就是贤木晃也的幽灵附身在什么上面的话——

果然是附身在什么“地方”上吗？例如生前的住所什么的，“湖畔之家”又是我殒命的地方，然而——

要说我出没的地点只限于那间宅邸，又不尽然。

因为五月二十七日晚上，我第一次现身是在“湖畔之家”以外的地方。

## 2.

……此刻我正身处于一间面朝套廊[①]的宽敞房间中。

原本铺着榻榻米的日式房间，经过大幅度重新装潢后变成仿西式的起居室兼餐厅。地板上铺有高档的绒毯，漆成黑色的餐桌和椅子陈列其间。桌子上摆放着好几个盛有食物的器皿钵体——现在是晚饭时间吧。

此时有三个“活人”在场。

我的姐姐——比良塚月穗——和她的两个孩子——哥哥想以

---

① 套廊是日式建筑的特征之一，多出现在带有庭院、独门独户的日式传统住宅中。它是房间外缘到庭院之间可供休息的缓冲地带大多都铺设在面向南方的地方，装有窗户或防雨布等。

及妹妹美礼。

围坐在餐桌前的三人身姿，清楚地映照在套廊的玻璃窗上。我猛地回过神来就看见这一幕。

少许困惑过后，我突然醒悟过来。不知为何，我并没有出现在“湖畔之家”，这里是其他地方?

这里应该是月穗他们居住的比良塚家。

虽然同在绯波町，比良塚家位于老市区，与建造在别墅度假区的“湖畔之家”有相当远的距离。即使如此，生前我还是造访过几次，对这间起居室兼餐室有所印象。

今晚不知为何，我——贤木晃也的幽灵突然出现在这里。

玻璃窗和镜子作用如出一辙，最终映照出的只有母子三人的身影。除此之外，一个人影都没看见。

尽管如此，我确确实实就在这里。

正独自一人待在餐桌边上，观察着室内的情形。

看三人的脸庞以及动作。

倾听彼此间谈话的内容和声音。

然而，却没有一个人注意到我的存在。身为“活人”的他们基本上看不见幽灵。

挂在墙壁的时钟此刻指向七点半。——外面夜色渐浓。

时钟上连日期都有显示。

五月二十七日，星期三。

五月二十七日……啊，对了！今天是……

记忆逐渐浮上脑际。

记得今天是月穗的……

“妈妈，妈妈。”

小美礼对着月穗姐撒娇道，

“爸爸呢，爸爸呢？”

“爸爸啊，他有工作要忙。”

月穗温柔地回答道。

“爸爸有工作要忙？现在还要工作？”

“是很重要的工作。所以就……”

比良塚修司七年前和月穗再婚，简单来说，他是出生于当地名门的实业家。以不动产和建造业为基础，广泛拓展自己的事业，是个能干的人。

年龄上、修司比月穗还要大上一轮，即使如此，他为什么还要选择月穗这种结过婚、还带着个孩子的女性作为自己的人生伴侣呢？这中间详细的原委内情，我就不得而知了。

“但今天可是妈妈的生日啊。”

美礼说道。

虽然今年才七岁，只是刚要上小学的小孩子，但她说出的话语却惊人地明理懂事。

“我们不是正一起在庆祝吗？”

没错，五月二十七日这一天是月穗的生日。

“可平时都是大家一起庆祝的。”

美礼依旧不肯善罢甘休。

“爸爸的生日、我的生日、哥哥的生日不都是大家一起的嘛。蛋糕上插满蜡烛，大家一起唱生日歌……”

“对啊。但今天爸爸赶不回来嘛。”

“哎？”

美礼有点不高兴了，

“那么蛋糕呢？蛋糕在哪儿？”

“啊，小美礼，对不起哦。今天蛋糕也没买到。”

“哎哎——”

美礼益发不开心了。

坐在边上的想一直一言不发。从我的位置看不见他的脸，只能通过玻璃窗窥视他此时的表情。

该说是面无表情吗。

也可以理解为本身就缺乏锐气，总觉得他一味封闭在自己筑造的坚壳中……

“那贤木叔叔呢？”

美礼又向母亲询问道，

“去年叔叔也一起来替我过生日啊。”

“呃……”

这时月穗露出了些许狼狈的神情，

“你这可提醒我了。但是晃也叔叔今天也不能来哦。好像前些日子不知道去哪里旅行了。”

去哪里旅行了？——怎么可能！

我可是在那个晚上已经死掉了。

我明明死了，现在还站在这里啊。我甚至化作幽灵出现在这里了啊。

——我好想向她们如此倾诉，但马上就打消了这个念头。因为，即使试着发出“声音”，她们应该也听不见吧。

电视柜上的电视此时正播放着幻想题材动画片。不久，美礼的注意力就被电视节目所吸引，停止向母亲撒娇。

想还是一直没有开口，也没怎么吃菜。

“小想，不舒服吗？”

月穗担心地开口问道，

“吃饱了吗？”

“——嗯。”

小想回答道。声音小得似有若无。

“——我吃完了。”

“明天能去学校吗？”

月穗进一步问道。只见小想无言地轻摇了下头。

## 3.

月穗收拾完餐桌后，便翻开桌上的报纸读了起来。

美礼则老老实实地看着电视。

想躺在起居室的沙发上，然而从刚才开始就一言不发，面无表情。

三个人一点都没注意到我和她们共处一室的事实。

不管我在这里干什么，她们都看不见；纵使我说些什么，也传达不到她们的耳中。这是当然的了，毕竟变成这个样子的我对她们来说只是“不存在之人”。

话说回来——

刚刚月穗为何会说我出去旅行了呢？

五月三日那晚，我从“湖畔之家”二楼走廊摔下，最后在“外厅”断了气。然而……

月穗竟然不知道这件事？

不对，这不可能。

她应该知道。

那夜我死在家中的事，她应该……（你要做什么——晃也）

我从有损坏痕迹的走廊扶手探身而出，俯视楼下的时候，突然苏醒的记忆片断中，听见好多声音：“……快停下！”“怎么能这么说呢……不行！”

我认为那些应该是月穗的声音。

“……不要管我。”回应这些话语的另外的一个声音，大概就是我自己吧。

因此，总而言之——

五月三日晚上，月穗理应就在现场，并且目击到我死亡的整个过程。然而，为什么……？

不仅仅是月穗。

我走向躺在沙发上的想身边，凝视着他的脸庞。

目击到的不仅仅是月穗。

还有你，想。你当时应该也在那个地方……

“……不知道。”

小想低语道，仿佛感受到我传递出的思绪，并对此做出回应一般。

“我不知道。什么都不知道。什么都……”

“怎么了，小想？”

月穗惊讶地看着他，

“你这是怎么了，突然就……”

看在她眼中，估计只是想在莫名其妙地自言自语吧。

想也不作声回答，从沙发上站起身来，走近桌子，把视线落在月穗摊开的报纸上。

这时，社会版上特大字样的新闻标题映入我的眼帘。

夜见山北中学发生事故

女学生死于非命

“哎？什么？怎么了？”

月穗的反应有些惊慌失措，

“这个报道有什么问题吗？”

就在她困惑不解之时，突然像想起了什么，“啊”了一声，接着无精打采地说道：

“说来晃也以前上的就是夜见山北中学。”

月穗重新凝视起小想，问道：

“你有听晃也说起过什么吗？”

想还是一声不吭，只是不明所以地晃动了下脑袋。

## 4.

五月二十七日的晨报上刊登着“夜见山北中学发生事故　女学生死于非命”的报道。

事故具体内容如下：

意外发生于前天，五月二十六日进行的期中考试中。三年级女学生樱木由香里在被告知母亲遭遇交通事故后，匆忙决定中途离校，之后从校舍的楼梯跌落，伤势过重，最后不幸过世。其母也于同夜，在被送去急救的医院咽下最后一口气。

如果月穗或是小想读了这篇报道，万一发现这不单纯是一则普通的“不幸事故报道”的话——

理由之一是“夜见山北中学”这个校名。其次，还有死去的女学生是“三年级”这一点。

正如月穗所说，我过去就读的就是这间夜见山北中学（简称

“夜见北”)。十一年前，我们举家搬离夜见山的时候，我正好念三年级，三年级三班。而后……

……我有印象。

那段记忆直到现在还残留在我脑海中。可以清晰地回忆起来。

那是在夜见北三年级三班广为流传的一个秘密——“灾厄”会毫无缘由地降临在班级中的“相关人员”身上。

月穗也许还记得这件事。当她重读那则报道，注意到学校名，可能就猜到了吧。

那么，想呢？

——你有听晃也说起过什么吗？

对月穗的提问，小想的回答应该是“Yes”才对。——是的，忘了不知道是哪天，我记得和他说起过这件事。

想来玩的时候，曾让我讲过去的事给他听，虽然多少踌躇了一会儿，但最后还是……

“就因为这个缘故，晃也叔叔你们就从夜见山搬走了？”

当时他露出惶恐不安的神色问我道。

“嗯……没错。”

我低垂下头回答道，

“因为很害怕啊。不仅是我，连父亲都……所以我们才从夜见山逃了出来，搬到这里来。”

## 5.

那晚之后，我时常在“湖畔之家”以外的地方现身。

有时是在月穗她们居住的比良塚家中，或是在那附近周边一带。就算在“湖畔之家”出没，也不局限于大屋中。也曾在大白天走出房门，在庭院中漫步，或是突然出现在周围的森林或是水无月湖的岸边。

久而久之，我渐渐明白了一个事实。

似乎世间不认为我——贤木晃也已经“死了”。

五月三日我死去这件事并没有被公之于众，我依然活在这个世界上。就像月穗告诉美礼的那样，大家只是认为我突然不知道跑哪儿旅行去了。

这到底意味着什么？

我那天晚上的的确确死了。

死后变成了幽灵。

尽管如此，我死去的事实却不为众人所知。——为什么？

思来想去答案只有一个，那就是——

有人隐瞒整件事。

## 6.

“……之前的那件事，摆平了吗？”

比良塚修司问道。

“——嗯。”

月穗低声回答道，

“目前应该没什么问题……大概吧。”

“大家都认为他一个人出去旅行了，对吧。”

“嗯。和其他人是这么说的。”

“大屋那边也安排妥当了吧。”

“水电煤费用是从银行直接转账扣除，暂时不存在问题……电话也是。报纸的话，和相关人员解释了下缘由，也让他们停止派送了……”

“听说他和周围的邻居没啥接触，而且几乎没有朋友会上门拜访。”

“是啊。”

听到比良塚夫妇之间的以上对话是刚进入六月份不久，我出没于比良塚家的某个晚上。当时我正独自一人行走在古老巨宅昏暗幽长的走廊上，恰好从他们谈话的房间前经过。

我忽然停下脚步，竖起耳朵倾听隔着拉门传出的对话声。这算是偷听的幽灵吗?

“现在小想的情况怎么样?”

修司再次询问道。他即使对比自己年轻许多的妻子，也会像现在这样使用敬语。

“还是老样子。”

月穗短叹了一声，回答道，

“平时就一个人关在房间里。有时候喊他，他也不出来……”

“好啦，现阶段我们也没啥好的解决办法。”

“不过，关于那晚发生的事，无论问他什么，都是回答‘不知道’‘我不知道’，要么是‘不记得了’。”

“——这样子啊。”

比良塚修司身为一名实业家的同时，另一方面又曾念过医科大学，并且取得了医师资格，是个拥有特殊经历的人。好像就是透过这层关系，才开始与才华横溢的已故家父翔太郎有所相交，进而和月穗结下不解之缘。

“体力上没感觉到有衰退迹象吧。”

“——嗯。”

“如果有机会，我也试着和他聊聊吧。有必要的话，我有个这方面的医生朋友，让他过来和小想谈谈。”

“果然对那个孩子来说，打击还是太……”

“那是当然的。但是……听好了，月穗，你应该分得清轻重缓急吧。”

“——嗯，我明白。”

通过这次“偷听”，我所抱持的怀疑逐渐变成了确信。

他们——至少比良塚修司和月穗两个人知道我——贤木晃也已经死了，然而却试图不让其他人知晓这件事。并且由于某些理由，打算隐瞒五月三日那天发生的事情。

## 7.

有人隐瞒我——贤木晃也的死亡。

打算从世人的眼皮底下暗度陈仓。

因此，理所应当即没有举行葬礼，遗体也没被火化和进行安葬。

——于是？

摆在当下不容回避的问题就是：

五月三日那晚，我在“湖畔之家”的“外厅”中断气，之后又发生了什么事呢？我——应该说，我的尸体之后被怎么处理了？被运到哪里，现在又变成什么样了呢？

一旦开始考虑这些之后——

我渐渐觉得死后变成现在这个样子，或许原因就在于此。

死了却没有举行过葬礼，尸体也没被妥善安葬。

连死了的本人（幽灵）都不知道自己的尸体去了哪里，现在又处于什么样的状态。

因此……

会不会正是由于这些特殊状况的发生，我死后才变成如此这般不安定的存在，继续徘徊于这个世界呢？

……要是这样的话。

假如真是这样子的话，我……

## 8.

“这片湖呢，有一半是死的哦。”

记忆中我曾说过这样的话。

那是六月中旬的某一天。我站在水无月湖岸边，眺望着眼前深绿色的湖面许久，突然想起的往事。

“这是一片双层湖，有上下两层——浅层和深层，两层水质不同。上层是淡水，下层是半海水。”

“半海水？”

对方略显疑惑地问道。

“半海水就是淡水和海水混合下的低浓度咸水。”我如此说明道，

“因为咸水比较重，所以沉积在湖的下方。经过长年累月，水中所含的氧气分解殆尽，动植物便无法存活在那里。于是湖的下半部分就变成没有生命的世界。因此说它有一半是死的。”

“有一半，是死的。”

对方又重复了一次我说的话。

然后她缓缓地摘下遮住左眼的白色眼罩。——没错，她就是那名叫见崎鸣的少女。我们站在一起，一边凝望着湖面一边进行交谈。

“哎呀。”

眼见少女此举，我问道，

“怎么把眼罩摘下来了。”

“——没什么。”

少女冷淡地回答道。

当时她身穿一套轻薄的白色连衣裙，头戴一顶麦草帽子，脚上穿着一双红色球鞋，肩挎一个小帆布背包，腋下夹有一册素描簿。——此刻她那身装束重新鲜明地浮现于我的脑际。

这是……去年暑假时候发生的事。

应该是八月初吧。上个月月末与她在海岸边邂逅之后过了几天，来玩的小想跑来告诉我说，他在“湖畔之家”边上看见有个少女坐在树荫底下写生。可能是不知道我住在这里，只是碰巧在附近闲逛的时候看到这栋宅邸，想要把它画下来吧。

见我恰巧来到湖岸边上，于是想就把她带了过来……

“你很喜欢画画吗？在学校难道加入了美术部之类的？”

然而少女也不予以作答，一面任由目光驰骋在湖面上一面说道：

“离海这么近的地方竟然还有这样一片湖。”

“你不知道吗？”

“……”

“这附近还有两个湖呢。三者并称为绯波三湖，可有名了。”

见少女只是微微点头，目光依然停留在湖面上，于是我便转向她如此说道：

“这片湖呢，有一半是死的哦。”

## 9.

“比起大海，我更喜欢这片湖。”

依稀记得那时，见崎鸣曾如此说道。

虽然正值盛夏的午后，然而被薄云所覆盖的天空缓和了太阳的炙烤，从水无月湖吹来的微风也备感清凉。

“为什么？”

我问道，

“不是经常有人说，好不容易能离大海这么近吗？特地会来这片湖游玩的可是少数人。总的来说就是个不受欢迎的过时景点。”

“因为大海——”

只见鸣闭上双眼后又再次睁开，接着回答道，

“大海里有生命的东西太多了。所以我比较喜欢这片湖。”

“——原来如此。”

对了，那之后我们好像又说了些什么。

“透过那只绿色的眼睛，或许你和我看着相同的东西，注视着同一个的方向呢。”

短暂片刻过后，我一面注视着她除去眼罩、闪烁着不可思议光芒的绿色义眼，一面说道。

"为什么你会……"

这次轮到她发问了。

"也是，为什么呢?"

我只是含糊其辞。

"究竟是为什么呢?"

过了不久，鸣低语道：

"和我一样……那样的话，不是什么好事。"

"咦，为什么?"

我再次向她询问，可她只是轻轻地用左手遮住左眼，默默地摇了摇头。

"没什么。"

见崎鸣。

听说她住在夜见山，念初中二年级。也就是说从今年春天开始，她应该已经升上三年级了才对……

她念的是哪所中学来着?

我突然开始在意起来。与此同时，背后"嗖"地打了一个寒战——我明明是个幽灵哎。

她就读于夜见山北中学可能性有多大?并且还是三年级三班学生的可能性?

她有没有可能和报道中死于意外的樱木由香里是一个班级的?

……

……

“……未必不可能。”

我以沙哑丑陋的“声音”独自嘟囔道。

# 第 3 章

你想变成大人吗？还是不想？

……无所谓。

无所谓？

小孩子不自由，……但大人也很讨厌。

很讨厌吗？

因人而异吧。我希望快点成为讨人喜欢的大人。

哈哈哈。但是呢，就算变成你理想中的样子，也未必是好事哦。

是这样吗？

我想要回到还是小孩子的时候。

为什么？

……

为什么想要回到还是小孩子的时候呢？

……想要回想起什么吧。

回想起什么？

啊，这个嘛……

## 1.

六月刚过，时间迈入七月……天气渐渐转为夏天，世间万物各自发生着不同的变化，但是“我”却毫无改变。

依然还是那个不由自己、不安定的幽灵形态。半吊子似的逗留在“这个世界”。不定期无规律性地出没于各地。

有时是在“湖畔之家”或是其周边附近。

有时是在比良塚家那一带。

甚至会远离上述两个地方，出现在完全陌生的场所。比如下雨天现身于沿着海岸线的小道，或是不知名的寂寥神社境内。

然而却没有人注意到我出没于此。连一个人都没有。

到底为什么我会变成现在这个样子呢？

我感觉已经知道这个问题的答案。虽然现在还不能说是确定地知道，但推测应该八九不离十了。

例如像是对谁有所怨恨，或是对未完成的事情有所悔恨与执著之类的理由，我觉得都不太可能。即使是“失忆的幽灵”，如果有这种强烈感情根植于内心的话，本人也应该能察觉得到蛛丝马迹。况且——

我并没有特别怨恨的对象。

至于是否有未完成的夙愿之类，我心中也没个数。

仅有的只是笼罩于全身，挥之不去却又捉摸不透的深切“悲伤”……

因此……

我以为原因还是在于“没有经过吊唁”。

死了却没人知道，也没正式举行过葬礼。不仅如此，我甚至都不知道自己的尸体如今在哪里。归根结底，都是拜这些无法解释的事态所赐，我才会一直保持现在这个样子吧。

那样的话……

## 2.

不知道会在哪里出现，就算当场和他人接触，也感知不到我的存在。或许有人能察觉到些许“动静”，但依然无法锁定我在哪里。

果然，幽灵也是有各种各样的吗?

我不经意中开始考虑起这种毫无营养的东西。假如是强烈怨念下产生的“怨灵”，它会附身在怨恨的对象身上，最后或许会把那人折磨致死。此种幽灵拥有“容易被他人感知到存在”的特性，也就是说容易被其他人看见。

我估计是种类不同的幽灵吧。基本上没人能察觉、目击到我的存在。更没有也做不到附到特定人身上或是咒杀他们。——不论何时何地以何种方式现身，我对大家来说都是彻底的“不存在之人”。

反正就是这么一回事吧，我唯有接受……进入七月后，不知为什么，一种想要自暴自弃的情绪在心中蔓延开来。

我甚至考虑过模仿吵闹鬼引起骚乱，借此吸引他人的注意。然而即使这样做，我想也无法很好地向他人传递“我贤木晃也死后变成幽灵，又回来了!”的信息。一想到恶作剧会招致混乱，我就感到羞愧万分。自不用说会给想和美礼添麻烦，对似乎想要隐瞒我死讯的月穗和修司来说也是……

话说，现在我唯一能做并且具有建设性意义的事情，就是找到自己的尸体。

在五月三日那晚，在“湖畔之家”外厅咽下最后一口气，既没有被众人吊唁，又没有入土为安的那具我的尸体。

如果能让我好歹知道它现在究竟身在何处，变成什么样子了的话。

如果能让我亲眼看见自己的尸体，认识到自己的死已是无可动摇的事实的话。

那样说不定我就能从现在这种状态中解放出来了。

## 3.

当务之急就是趁自己出没的时候，想方设法找到自己的尸体。

我认为尸体不太可能在比良塚家附近。要说在哪里，还是“湖畔之家”及其周边附近可能性高一点。

因此，出没于现世的时候，我决定先有意识地在那附近进行搜索。

首先是宅邸中的各个房间。

目标包括一楼以及二楼的各个房间，阁楼，以及地下室。浴室和卫生间就不用说了，还包括储物室和壁橱，各个橱柜。似乎我对这个世界进行物理干涉的成功与否，受到时间地点的影响，并且范围和程度都受到限制，不过开关房门或是抽屉却不难做到。

虽然二楼有几个房间上了锁，但对没有肉体的我来说并不是什么大问题。想进就进，通行无阻。我连阁楼和地下室都去查看了一下。甚至连平时不怎么使用的古老暖炉的里面都不放过。但是——

结果家中任何地方都没有发现我的尸体。

接下来要去调查的是住宅用地内、邻接宅邸而建的车库。

自从变成幽灵以来，我还没有尝试过进入这间车库。从外观来，看这间木造小屋已经使用了好多年，生前我把这里作为车库兼存放工具的地方使用。

车子还和以前一样停在原处。

那是一辆没怎么经过贴心养护的白色旅行车。因为我左脚受过伤的关系，只能开车，所以车库内并没有摩托车或是自行车。

车门并没有上锁，钥匙就挂在车库内的零件抽屉上，这和我生前一样。

我检查了驾驶席，助手席，后座，行李箱……但哪里都没有我的尸体。

包括车身下面，车库内的各个角落都翻了个底朝天，但还是一无所获……

不在建筑物当中。

那就是说尸体在外面吗？——那么搜查范围可会无限扩大啊。

包括住宅用地内的前庭和后庭，宅邸周围的森林，水无月湖畔，土壤中，湖泊里在内，都可能埋藏了尸体。穿过森林就是大海。——越考虑越感到穷途末路。

现在又没有可以称作是线索的东西。

总之这可是关系到“五月三日那晚贤木晃也死后，案发现场又发生了什么”的重要问题。然而我——贤木晃也变成幽灵后甚至都还搞不明白自己死后发生了些什么，实在是过于不合情理。我一边不断怨恨着死亡前后笼罩着浓雾的“记忆空白”——

一边重复自问道。

说来我为什么会死呢？

我死后究竟又发生了些什么？

只要这些疑问还未得到解决，我能做的事情就很有限。总而言之，先尝试以“湖畔之家”为中心逐步扩大搜索范围，只能这样了……

但是另一方面又觉得犯不着那么着急。

反正我死了这个事实并不会发生任何改变。

虽然现在这个状态不能说是令人心情愉悦，但是假如到时找到自己的尸体之后事情会如何发展，我心中却没有个数。随便想象一下还行，然而最终是否真会如自己所愿呢？认真思考过后，感觉一切又变得说不清，道不明了……

不过……

"我曾想过，人死后，说不定会在哪里和大家重新连系在一起，心心相连。"

啊……这是?

嗯，这是某一次我对某个人说过的话。

"'大家'是指?"

记得当时我是如此回答的：

"之前死去的大家。"

……但是。

但我现在就算死了，依然是孤单一个人留在这里。维持着这种不受自己控制、不安定、无所依靠的存在形态。

所以有一种想法在我心中油然而生：我可不要一直保持现在这个样子。

## 4.

将近七月中旬的某一天，外厅电话响起的时候，我又碰巧在场。

"是贤木吗?喂！不在吗?"

留言电话应答声过后，话筒中传出我曾听过的男性声音。

"是我啊，Arai。你一直不在家吗?之前的留言听了没啊。"

两个月前的我倒是听过了。

这口气像是之后又打了好几通电话过来的样子。两个月前好像说是有事情想商量一下。

“难道你去长期旅行了？那可就麻烦了，你是不是没有手机？至少希望你能留心接收一下昔日好友传来的SOS求救信号啊。”

就算你这么说……真是抱歉啊，我也束手无策啊。而且我现在仍然连“昔日好友”长什么样都想不起来。

“说是说SOS求救，只是和以前那次一样希望你帮个忙。你看，我们可是以前在Yomikita同甘共苦过的好兄弟……啊，你说是不是？”

咦？在Yomikita同甘共苦过？

Yomikita应该是指“夜见北”吧。夜见山北中学简称夜见北。十一年前，我在那里念初中三年级，直到发生了某件事……

Arai是那时候的同窗？

那年……夜见北三年级三班的？

“总而言之，听到这通留言的话尽快联系我。拜托了哟，小贤木。”

对方挂掉电话后，我马上奔赴二楼书斋。

老朋友Arai……虽然现在还是想不起来到底是叫新井还是荒井，但或许……

放在书斋桌子上的那张摄于一九八七年暑假、满载回忆的照片上，其中一个人或许就是他也说不定。

## 5.

据说事情的开端是在一九七二年。

现在算起距今有二十六年，从我念初中三年级算起则有十一年。

据传那年年初，夜见北的三年级三班上，有个叫 Misaki 的学生突然去世。

她很受大家的欢迎，人见人爱。班上的同学都无法接受她突然不在人世的事实……

“Misaki 没死！你们看，她不是正在这儿吗？——大家竟然开始都这么觉得。包括班主任老师在内，大家直到毕业那天都一直坚信 Misaki 还和大家在一起。”

记得我曾向想如此讲述起过去发生的事情。

奇妙的事情发生在毕业典礼结束后。毕业典礼后全班同学在教室里拍照留念，集体照上据说出现了本不该存在的ミサキ[①]的身影。

“灵异照片？”

我回想起当时想满脸疑惑的神情。

“嗯，就是那么回事。不过我也没见过实物。”

---

① misaki 的片假名写法。

于是我继续说道，

“传言说以此为开端。从第二年起更加奇妙和恐怖的事情开始降临到三年级三班身上。”

并非每年都会发生，分成“发生年”和“平安年”。“发生年”的那一年，听说在谁都没察觉的情况下，班上人数会增加一人。没人知道增加的一人是谁。因为新学期刚一开学，班里会缺一套课桌椅，所以大家便得出“多了一个人”的结论。然后——

“有多余的人混入的那一年，会有‘灾厄’降临到班上。”

“灾厄？”

“就是灾难的意思。也就说……那年的每个月，和三年级三班有关的人中，都会有人死去。”

有的是遇上意外，有的是生病，还有自杀的人……死法可谓各式各样。总而言之，每个月和三年级三班有关的人都至少会死一个。关系者中包括学生和上课老师，甚至亲朋好友。“灾厄”会一直持续到毕业典礼当天。

“这是诅咒吗？”

即使我做了如此说明，想还是和最开始一样困惑地歪着脑袋。

“诅咒啊……也是有人这么说的啦。不过，‘增加的一人’并不是Misaki的恶灵。传言说那叫‘死者’，好像是过去‘灾厄’中死去的人，但他和‘灾厄’也没有直接关系。所以，我觉得这和诅咒还是有点区别的。”

“这是真实发生过的事？”

想越发困惑了。

“我什么时候骗过你。”

“但是……”

“是真人真事。”

我郑重其事地回答道，

“因为十一年前，我也经历过相同的事情。当时我就读于夜见北的三年级三班……”

有人发现教室里的课桌椅数量和人数对不上，于是开始叫嚣今年是“发生年”……首先是四月，某个学生的祖母去世，但由于是年纪大生病而死，也有很多怀疑派认为这只是单纯的意外。然而——

“进入五月，有修学旅行在等着我们。在驶往飞机场的路上，巴士在将要驶离夜见山市的时候发生了大事故。”

说着我把那时受伤留下伤疤的左脚伸给想看。想“啊！”地惊叹了一声，脸上的表情从先前的困惑转为害怕。

“同班同学有好几个人死于这起事故。连同乘一辆车的班主任老师也未幸免……车里到处都是血——实在是太凄惨了。”

我叹了口气，活动了一下脑袋。想睁大了眼睛，一副泫然欲泣的样子。

“我也受了重伤，住进医院，花了一个多月才康复出院。然而好不容易能去学校了，这次‘灾厄’却降临到我家中。你那时还只有一岁，应该不记得了吧。那年，六月中旬……”

我母亲日奈子死了。

据说是一个人出去买东西的时候突然昏倒，救护车送到医院的时候已经回天乏术了。死因是心力衰竭，照父亲翔太郎的说法，母亲平时健康状况大体上良好，突然那样死去实在让人匪夷所思。爸爸的话语中透露出一丝怀疑之情，同时又带着悲痛和哀叹。

于是我就把以前一直没说的三年级三班的秘密向父亲开诚布公。同时也打破了流传于班中的劝诫——随意把秘密告诉他人的话会招来多余的灾难。

五月的巴士事故和六月母亲的突然离世，或许都是三年级三班的“灾厄”吧。一定是这样没错。

如果班上的“传说”是真的话，那么“灾厄”还远远没有结束。下个月，再下个月……直到毕业典礼那天，都会有相关人员死去。下一个可能会是我，或是我的家人——父亲，甚至会是月穗。

“我父亲——也就是你的爷爷是个医生。医生是科学工作人员，所以他们很难相信这些超自然的东西。但经过我坚持不懈地劝说……而且父亲不得不承认那起巴士事故和母亲的骤亡的确事有蹊跷……”

“所以你们就从夜见山搬走了？”

想睁大双眼问我道。

"嗯……没错。"

我低下头回答道，

"因为我和父亲都感到害怕，所以就逃了出来。从夜见山逃了出来，最后搬到这里。"

如果我转校，全家都从夜见山搬走的话，一定能逃离"灾厄"吧。我就是这么想的，于是……

进入七月没过多久，我们举家就搬离夜见山，像是紧急避难一般移居到这间"湖畔之家"中。

而那个月，夜见北三年级三班的一个学生，从校舍屋顶上一跃而下，坠楼而死。

## 6.

**摄于初中最后的暑假**

相框部分写着如上字样。我凝视着立在书斋写字台前方的彩色相片——

"这是什么照片?"

我再次忆起去年夏天，也是在这个地方，那名少女——见崎鸣向我提出的问题。

"右边的是贤木先生?"

倚湖并排站着五个人。

相片的右下角标示有摄影日期：1987/8/3，最右侧毫无疑问就是我——十五岁的贤木晃也。

“这是一张满载回忆的照片。”

我回答道，

“在那个暑假拍摄的。”

“是嘛。”

少女若无其事地回应道，

“照片上的贤木先生笑得好开心，和现在完全不一样，简直判若两人……”

我回忆起了当时自己的所思所想。或许就像她所说的一样吧。变成大人之后，如此灿烂的笑容反而不怎么出现在我脸上了。

“因为是和好朋友在一起嘛。”

那个时候记得我如此回答，

“他们都是我的初中同学。”

没错……

这张照片上的人都是那年夜见北三年级三班的同班同学……

“替我们拍照的是我父亲。”

虽然没有被问到，但我还是作了说明。

“那个时候爷爷还在？”

从旁边传来想的声音。

话说那一天很难得，不光想，月穗连美礼都一起带来这边玩。可以听见从楼下传来美礼对母亲撒娇的声音。

我应了一声，转向想这边。

“那个时候你爷爷还住在这里，你也在哦。不过那时你还只是个小宝宝。”

“妈妈也在？”

“当然的啦。那段日子，她为了照顾你可是忙得手忙脚乱呢。”

而少女眯缝起没戴眼罩的右眼，默不作声听着我和想之间的对话。

## 7.

我重新凝视拍摄于十一年前暑假的那张“满载回忆的相片”。开始再次审视除我之外四人的容貌和衣着打扮。

男女各两人。

男生两人立于照片左侧，女生两人立于右侧。站在最右侧的我——贤木晃也与女生之间空了相当大的距离。只见我左手握一根拐杖，大概是事故过后才三个月，脚伤还未痊愈的缘故吧。

站在最左侧的男子个子瘦长，穿着件花哨的夏威夷衫，感觉就像是来度暑假的。他向前竖起右手大拇指，对着镜头咧嘴而笑。

形成鲜明对比的是，旁边穿着蓝色T恤男生略有点矮胖，架着副银边眼睛，脸上甚是一本正经。双手交叉，略有些不悦地歪着嘴唇。

打电话来的Arai就是他们中的某一个人吗？——如果是这

样的话，是哪个呢?

我紧盯着他们的脸不放。

并且更两手伸向相框，试着小心翼翼地把它举起来。——对相框这种程度的物体进行干涉并不困难。

从那电话的声音以及说话方式给人的印象来看，左边的夏威夷衫男生比较符合。不过……哎呀，还是分不清是哪一个。我实在想不起来到底哪个才是 Arai，另外一个又叫什么名字。

于是我的视线转向两位女生。

站在左侧的少女身穿淡蓝色外套和白色紧身裙，个子小小的，还戴了副银框眼镜，但和她的短发以及小巧的脸庞相得益彰。对着镜头比出 V 字手势，尽管打算自然地微笑，但还是透出一丝紧张的表情。

右侧的少女则长得和我那时差不多高，身材苗条，穿着牛仔短裤和浅茶色的衬衫。一只手按住随风飘动的长发，另一只手摆出 V 字手势，自然地对着镜头展露笑颜……

……哎，还是分不清楚谁是谁。

于是我把相框放回原处，坐进写字台前的扶手椅中，舒服地靠在椅背上。

他们理应都是我的好朋友才对……但为什么我就是怎么都想不起来他们四人的姓名、性格和语音语调呢?

——那是满载回忆的照片呢。

去年夏天回答见崎鸣的话语回荡在我的耳边，现在听来是那么的虚无缥缈。

## 8.

我无意中试着去打开写字台的抽屉。

那是靠在椅背的时候，我突然注意到最下层最大的那一格抽屉，完全没有任何理由，便把手伸了过去。

只见抽屉中由几块隔板分成好几个区域，其中一个区域中存放了几册有点厚的笔记本……不对，那些是市面上有售的日记本。每年接近年末的时候，在书店或是文具店都有卖的那种 B5 纸大小的台式日记本。

书脊朝上，如同插入书架一般整齐地收纳在抽屉内。书脊上印有“Memories 1992”之类的字样。

……原来是这样，我想起来了。

我每年都会在这间书房中写日记。有时候心血来潮，或者感到有必要的时候，经常会随意速记些笔记，因此与其去启动文字处理机，不如手写来得更方便些。

最早的一册写于六年前。正好是父亲过世，我继承“湖畔之家”并搬进来的那一年。

那册书脊上写了“Memories 1992”，之后为“Memories 1993”“Memories 1994”……的顺序依次排开。

如果把一九九二年这一册取出来看一下的话，多多少少应该能取回一些变成幽灵后失去的、模糊不清的各种记忆吧……啊，不行。

比起寻回记忆，现在当务之急是……我盯着抽屉不放。

最新的日记。

我是五月三日死的。如果能找到那晚前写下的日记，或许能发现与“我为什么会死去”有联系的证据也说不定。

然而——

最关键的“Memories 1998”却不见踪影。

……为什么？

我略感混乱地扫视了下周围。

在写字台上？——没有。

摆放着书和笔记本的壁橱里呢？——也没有。

我把写字台其他抽屉都翻箱倒柜了一番，可是还是找不到一九九八年的日记本……

难道是今年没有写日记？——不对，这不可能。虽然记不起来写了些什么，但……我肯定记过。就在这间书房，这张写字台上。

——透过那只绿色的眼睛。

不知怎么的，在水无月湖畔对少女说起的话语突然划过脑际。

——你或许和我看着相同的东西，注视着同一个方向呢。

和我看着相同的东西？

注视着同一个方向?

那到底是……

我从椅子中站起身来，这时在我眼前突然闪过好几幕影像。

我第一次在这间宅邸现身的那天，上到二楼进入卧室的时候窥视到的那个……

首先出现的是床头柜。

与其说是影像，还不如说是“幻象”。

这次终于看清了，床头柜上放有一个酒瓶和一个玻璃杯。

酒瓶中装有威士忌或是其他什么的酒类。然后——

旁边有个盖子敞开的塑料药瓶，几片苍白色的药片从中洒落出来。接着……

房间的中央附近，有白色的不明物体垂挂在天花板上，晃晃悠悠的。啊，这是……

这是绳子吗?

绳子的下端做了个恰好套得住一个人头的圆环。

这……

这总觉得就像是……

……

……有声音（……你要做什么）

不知是谁的声音（你要做什么，晃也……）

我又听到了好多个声音（……快停下!)(……不要管我)。

一个是月穗的声音（怎么能这么说呢……不行!)

另一个是我自己的（……不要管我）（我……已经……）

……

……

我临死之际的脸庞……

映在外厅镜中的那个满是血污的脸。

因变形而扭曲的僵硬脸部逐渐舒缓开来，宛如得到解放，变得自由一般，表情从痛苦、恐惧、不安、不可思议地变得安详恬静。之后——

我的嘴唇微微震动了一下。

我在说着什么？临死之际竭尽全力吐出的字句是……那时我究竟在说什么？

我想说什么？

实际上又说了些什么？

似闻非闻，时隐时现，似乎有话音传过来，但其实什么都听不到。可恶，那个时候我到底……

随着“咔噔”一声，眼前的幻想即刻消散。

只见相框掉落在地，是在我不知道的时候掉地上的吧。

我弯腰把它拾起，准备放回写字台的时候——

突然发现由于坠地的冲击别扣松动，相框的背板脱落了下来。

背板和相片中间夹有一张纸片。

这是什么啊。我如此想着，捏起那张纸片。

比相片小一圈的便笺纸上，罗列着用黑色墨水手写的人名。

因为最右边写着贤木，很容易就能看出，那分别是五个人的姓氏。

写在照片背后五个人的姓氏与相片上五人的位置一致，这应该是我做的记号吧。

最左侧写有“新居”两个字。

原来是这样啊。

既不是新井也不是荒井，而是新居（Arai）吗？就像先前的感觉一样，照片左边的这个夏威夷衫男就是 Arai 啊。

另外三人的姓也一一跃入眼帘。

女生二人从右至左分别是“矢木泽”和“樋口”，另一个男生叫做“御手洗”。

下个瞬间，或许几乎就是同时，我突然有种不好的感觉，当察觉到的时候不禁感到愕然。

在那一排姓氏下方不远处用稍许淡色的墨水画了一个 X 状符号。

符号一共有两个。

一个是在“矢木泽”下面，一个是在“新居”下面。不仅如此——

每个 X 状符号下面还附记有解释意味的小字。

“死亡”——

# 第 4 章

恋爱是什么？

怎么了？突然问这个。

恋爱就是喜欢上别人的意思吗？

嗯——就是很喜欢很喜欢那个人。男的一般喜欢女的，女的一般喜欢男的。当然似乎也有例外。

例外是指……男人很喜欢男人，这也是恋爱吗？

呃，对的。

你有过吗？

哎？没有，我才没那种兴趣爱好……

我是说恋爱啦。

哦，这样啊。——怎么说呢。

要变成大人才能谈恋爱？

不是大人也可以啊。不是还有早恋的孩子嘛。

是吗。——对了，你有谈过恋爱吗？初恋呢？

……

没有吗？

不……有过。

那是什么样的一种感觉，快乐的还是痛苦的？

那是……哎，我可能没有资格回答这个问题。

为什么？

……因为想不起来啊。

……

因为完全想不起来啊。所以……

## 1.

今天是乌鸦之日。

这几天，平日不多见的乌鸦竟有十几只聚集在“湖畔之家”附近。栖息在屋檐或是庭院中的树木上，时而接二连三地发出嘶叫声。也许是对此感到害怕，其他野鸟的数量明显减少了。

一个月中总有那么几天是这个样子，于是我随意地把它们称作为“乌鸦之日”。

为什么乌鸦会在那些日子里聚集到这里来呢？是否有什么特殊的理由或者条件？我就不得而知了。

虽说乌鸦在人们的印象中代表不吉利的鸟，但我却不讨厌它们。

在市内乱翻垃圾袋，给他人造成不便，那也是乌鸦寻觅食物的生物本能罢了。有时听说公园里，它们会飞到小孩子头上，啄他们的脑袋。但我家附近的乌鸦却不会做这种坏事，只会“嘎嘎”地乱叫乱吵，但我也不会因此而讨厌它们。

这么说起来——

过去我曾经照顾过一只受伤的乌鸦。

力所能及地帮它治疗伤口，用毛毯裹着放进纸板盒子里，安置在车库内……原本想悉心照顾到伤养好，可不曾想到它没过多久就死了。都还没有时间好好亲近，连名字都没来得及取。

我把尸体埋在后庭的一角，之后用碎木片简单地做了个墓碑。

稍许有点不怎么美观的十字架墓碑如今依旧树立在那里。

……对了。

乌鸦之后，我又在屋子中收养过几次小动物。

并非狗啦，猫啦这种，尽是在庭院中抓到的蜥蜴、青蛙，要么是螳螂、蟋蟀之类的昆虫……唯一养过的哺乳类只有小仓鼠。还有人曾送过一对文鸟给我。

说到这对文鸟，记得我无法忍受把它们关在笼子里，于是便把它们放生了。其他的小动物都是没活多久就死掉了。

我把它们的尸体按顺序与最早的墓碑一起，一字排开埋葬。每次下葬，都会立个相同的简单墓碑。

每当回想起这段往事，总感觉或许那时，我就是这样亲眼目视“死亡”，接触“死亡”，近在眼前体验到“死亡”……想要追问“死亡”的意义究竟是什么。

## 2.

我的尸体现在说不定就深埋在地底下吧。

就如同我埋葬小动物尸体一般，可能是在宅邸庭院的某一角，或是周围森林的哪里……

如此考虑过后，总之我决定先巡视一下住宅用地内的地面，注意观察有没有挖开后又重新填平的痕迹。不过并没有发现看上去有明显异状的地方。

也不能排除我看漏的可能性。但如果是埋在住宅用地外，凭我的力量是不可能找得到的。

（……这里）

不知哪儿突然传来只言片语。

（至少……在这里）

什么啊？

这什么意思啊？

（……在这间屋子里）

我诧异地想要“掬取”出个中含义，但是它却刺溜地从我的“手心”中滑落消散。

（……忘了吧）

啊……这是谁在说话？

什么时候说的呢？

（今晚的……所有）

答案宛如雾里看花

意味更是似懂非懂

（……快忘了吧）

在朦朦胧胧的不安感笼罩下，我停止了思考。

## 3.

七月二十九日，星期三。

大多数学校刚放暑假后的不久。——这天刚过中午，我现身于“湖畔之家”。

虽然已进入盛夏，却缺少夏天的感觉，天色略有些阴沉。阳光昏暗，吹拂而来的风带着一丝潮气。

听到外面传来它们的叫声，我就知道看来今天又是个乌鸦之日。不只有一只，而是好多只的嘶叫声重叠至一块儿响彻窗外。

哎，又是乌鸦之日吗？——我一面如此想着一面透过没有拉上窗帘的朝东窗户，抬头望向二楼书斋的窗外。

果不其然，放眼望去，庭院中的树木枝头尽是乌鸦们停留于上的乌黑身姿。快接近十只左右了吧。

窗户正下方以及一楼的部分屋檐上也停了几只。看不见的二楼屋顶上应该也聚集了好多吧。

突然我的脑海中浮现出鸟葬这个词。

据说在某个国家有这样的风俗，安葬死者的方法是曝尸荒野，让野鸟啄食腐肉，使其化为白骨。

虽然感觉也不至于如此，但说不准我行踪不明的尸体在哪个荒郊野岭经过风吹日晒，最后变成了乌鸦的饵食了呢……

就在我一边沉浸在不怎么愉快的幻想中，一边继续眺望着窗边乌鸦的时候——

一声与乌鸦叫声截然不同的坚硬响声传入我的耳朵。

什么声音？从哪里传出的？

我从别的窗户望向室外，终于找到了发出声音的源头。

挺立于前庭尽头的巨大紫玉兰树下，有人像是打算扶起倒下的自行车……

从远处也能一眼看清那人头戴一顶麦草帽子、身穿白色连衣裙的装扮。和去年夏天站在水无月湖畔和我交谈的时候一模一样……

那是见崎、鸣？

是她吗？

为什么现在她人在这里？

难道是放暑假、和家里人又来别墅度假了吗？我大概猜得八九不离十，可即使如此……

少女离开扶正的自行车，用手推了下帽檐，抬头向我这里瞅了一眼后，径直走向玄关。虽然不知道目的为何，但毫无疑问，到这儿是来找我——贤木晃也的。

没过多久——

楼下传来了门铃声。

犹豫了半天到底该怎么办，最终我还是下到玄关处。然而我无法去应门铃，就算向她搭话，她也听不到我的声音；如果默不作声地开门，她看见门开了但是屋子里面又没人，一定会被吓坏的。

我小心翼翼地挪动至房门跟前，透过鹰眼观察门外。然而外面已经连一个人都没有了。她是放弃了然后打道回府了吗?

……要追上去吗?

我突然如此考虑道。但是——

追上去打算做什么呢?

如今的我能干什么?

结果，我什么都没有做——什么都不能做，便回到了二楼书斋。

我重新张望屋外，却一个人影都没看见。乌鸦们照旧待在原地，恰好此时，窗边的一只乌鸦展开漆黑的羽翼，“嘎嘎嘎”地叫了起来。

## 4.

我一边没来由地叹了气，一边重新面向写字台，坐在椅子上，瞪视起那个相框来。

那张摄于一九八七年——十一年前的八月三日，我初中最后的暑假，满载回忆的相片。

在照片上除了我之外的四人，分别是矢木泽、樋口、御手洗，还有新居——他们是我在夜见山时的朋友，夜见北三年级三班的同班同学。

十一年前的那个夏天，学校放假没过多久，他们便来这间屋子游玩……不对，是来避难的。

就算转校依旧不能改变我曾是三年级三班一员的事实，不过据说存在有这样的法则：如果离开夜见山市就可以免于遭受“灾厄”。因此——

我邀请他们：起码这个暑假期间，大家要不都来我这儿。

于是他们欣然受邀前来。

直到暑假结束的这一个多月内，我们都在“湖畔之家”度过。知晓缘由的父亲很能理解我的心情，因此在他们长期逗留的期间也全力配合。

以结果来说——

暑假这段期间，他们并没有遭受“灾厄”。但听说八月份，留在夜见山的三年级三班关系者中，还是有人死了……

到此为止就是我好不容易搜刮出的关于十一年前的记忆。

我把夹在相框中的那张便签纸取出来，放在相框旁边。

这上面写有我们五个人的姓氏。其中二人——矢木泽和新居下面写有【X 死亡】的记号，想来意味着九月份回到夜见山后，毕业前降临在他们身上的“灾厄”吧。

回到夜见山的四人中，矢木泽和新居因此而死。当时我在得知死讯后，在便签纸上追加了一笔。当时的心情肯定和文字同样阴沉吧。

——尽管如此。

那通电话又如何解释呢？

“我们可是以前在夜见北同甘共苦过的。”打来这通电话的主人 arai，也就是新居，他应该早就死了才对……这到底是怎么回事？为什么会发生这种事？

那之后他就没再打来过电话，这个谜团就要继续封存下去了吗？

讲到谜团，写字台抽屉中缺失的日记也依然没有解答。

“Memories 1998”消失到哪里去了呢？会不会是出于什么理由，我自己处理掉了呢？还是被谁拿走了呢？

我又叹了口气，慢吞吞地从椅子中站起身来，就在这时——

“贤木先生。”

楼下突然传来某人的呼喊声，

“贤木先生在吗？”

这是？

这是她——见崎鸣的声音吗？

她是怎么进到屋子里来的？不是应该死心断念回去了吗？

难道是从后门进来的？说来平时那道门基本上都不会上锁……于是？

出去看一下情况没关系吧。不知为何，一时间我踌躇得不得了。与其说是犹豫，倒不如说是为接下来无法预测的事态慌了手脚。

我驻足在写字台前一步都迈不开，大气不敢出一声。——都变成幽灵了，我理应没必要这样子啊。

过了片刻——

楼下响起“吧嗒吧嗒”地脚步声。看来见崎鸣换上拖鞋，进到屋里来了么？

“贤木先生？”

伴随着时有时无的呼唤声，脚步声逐渐逼近。

“贤木先生在吗？”

看来她已经走上楼梯了。这样下去莫非她会来书斋……

“贤木先生？”

不久，声音已经近在咫尺了，大概人已经到这个房间门前了吧。

紧闭的门扉被人从走廊外拉开，接着——

见崎鸣走了进来。

## 5.

写字台位于进门左手边不远处，面朝内侧的墙壁安放。我就站在它前面。

正在这时，位于书斋右侧最深处墙边的巨大装饰架上方的时钟响了起来。

它原本是死去父亲珍爱的藏品。使用的是电池，而且并非鸽子时钟，而是猫头鹰时钟。钟面的下方有一道小门，会有白色的猫头鹰从门内蹦出来，“咕”地报告时间。——现在的时间是下午一点。

见崎鸣或许是被这个时钟夺去了注意力，刚踏进书斋就止步不前，直盯着装饰架，瞧都没瞧我一眼。——这是当然的。活着的人类怎么可能看到变成幽灵的我呢。

“啊!”

少女轻呼了一声，

“人偶。”

说完，便朝右侧窗户的方向，斜着迈出步子，一步，两步。看来是想从正面观察装饰架吧。

就如少女自言自语的一般，装饰架的正中间放有一个“人偶”。那是个身穿黑色洋装的少女人偶，身长大概五十厘米左右。

“那是……”

从见崎鸣的口中再次传来惊叹之声。看来她对那个人偶很是迷恋……

……下一个瞬间。

有两件事同时发生。

其一是见崎鸣的举动。

只见她“呼”地叹了口气，同时摘去遮住左眼的眼罩。

另一件事发生在窗外。

冷不防刮过的强风使朝东窗户发出一阵震颤声，而几乎同时，窗外的乌鸦们也嘶叫了起来。

“嘎嘎嘎”地叫声互相重叠在一起，其中更夹杂着数声拍击翅膀的声响。停栖在各处的乌鸦们一齐飞向空中。

从我的位置都能看见伸展开的黑色羽翼划过窗外的身姿，而站在窗户近处的见崎鸣一定看得更清楚才对。接着——

在这之后，见崎鸣像是幡然醒悟还有我这个人一般，转身朝向我。

视线直勾勾地投向站在写字台跟前的我，深感不可思议地歪着头。这时我才注意到，摘去后拎在左手的眼罩上，被不知是泥巴还是什么的东西弄得异常地脏。

突然她的嘴唇略微动了一下：

“你为什么……在这种地方？”

这并非是少女的自言自语，听起来就是向站在跟前的人提出的问题。因为对方向我搭话，所以——

“哎？”我不由自主地抬高了音量，

“你看得见我？”

“看是看得见。”

少女回答道。右眼一下子眯缝起来。左边的绿色义眼则闪烁着冰冷的光芒。

“为什么？”

这次轮到我提出问题，

“你为什么看得见我啊？也听得见这个声音？”

“听得见……啊。”

“我可是幽灵啊。”

"……幽灵？"

见崎鸣又一次露出满脸困惑的表情。

"我可是死去的贤木晃也的幽灵哎。在这之前，没有一个人看得见我、听得见我说话。"

"死去的……"

少女更加困惑了，向我更近了一步，

"贤木先生已经死了？"

"我已经死了啊。"

我以嘶哑难听的"声音"回答道。

"真的？"

"真的啊。"

我加强语气回答道，

"大家似乎都以为我出门旅行去了……但实际上在五月初我就已经死了。在这间屋子一楼的大厅里。之后我就变成现在这个样子，俗称幽灵一般的存在……"

谁也不曾意识我的存在，理所应当也无法和他人交谈……死后直到现在一直保持着不受自己控制、不安定的状态，过着独自一人的孤独时光。

"……你理应看不见我啊。我现在这个样子，没人瞧得见才对——但为什么你却做到了？还听得到我的声音？"

少女刚准备开口，突然又缄口不言，凝视了我片刻。

然后不慌不忙地抬起右手遮住自己的右眼。以剩下的左眼——那只理应失明的空洞绿色义眼——再次目不转睛地看了我一会儿。

——透过那只绿色的眼睛。

去年夏天的那一日，我自己说过的话语再次划过心头。

——你或许和我看着相同的东西

为什么那个时候我会说那种话呢？和我看着相同的东西，注视着相同的方向……啊，莫非那是……

那是？在我不断反复自问自答之余，伴随着妖异险恶的动摇，一个词语浮出水面。

那是——

死亡吧。

## 6.

“贤木先生是怎么死的？”

见崎鸣“呼”地松了口气，一并放下遮住右眼的右手，问道，“你只说了一楼大厅什么的……是意外还是其他原因？”

“我也不是很清楚。”

我诚实地回答道，

“虽然还记得‘临死之际’的情景，但前后的记忆就模糊不清了。而且我甚至不晓得死后自己的尸体怎么样，如今又在哪里。”

“那葬礼呢？坟墓呢？”

"所以我就说啊……似乎没举行过葬礼，更别说尸体入土为安了。"

"……"

"大概这就是我变成现在这个样子的原因吧。因此一定……"

窗户玻璃再次被大风震得直响。我望向窗外，不知为何天色看上去怪怪的。之后大概会下雨吧。

我重新审视起站在跟前的见崎鸣来。

就算知道我是幽灵，也没有露出像是害怕、厌恶之类的神情，只是感到稍许有些困惑地不停眨动着右眼。只见她脱下戴在头上的帽子，一下子绷紧了自己小巧的嘴唇。

沉默片刻，我和她不约而同、同时出声道："说起来……""那个……"

"说起来……什么？"

她催促我先说下去。

"说起来——"

我下定决心说道，

"你那只左眼。"

"嗯？"

"难道拥有什么特别的'能力'吗？"

"你为什么这么想？"

"因为——"

我如实地回答道，

“普通人既看不见我，也听不见我说话——但是你却看得见。所以我想莫非是因为那只左眼的关系。”

“你这么认为？”

“嗯。应该就在刚刚摘去眼罩时吧。你一露出左眼就注意到我在这里——看得见我的模样。因此——”

“嗯——”

少女一面用帽檐抵着纤细的下巴，说道，

“确实就像你说的，或许如此吧。——你很在意吗？”

“当然在意啊……”

“这样啊——”

只见她略微鼓起右脸颊，脸上淡淡地浮现出些许妖艳的笑容，然后说道，

“我这人有些与众不同。特别是这只‘人偶之眼’，和普通人不太一样……就算解释给其他人听，也没多少人会信。”

“果然……”

——透过那只绿色的眼睛，你或许和我看着相同的东西……

……看着相同的东西

注视着相同的方向。

“你的眼罩怎么会弄得那么脏呢？”

“刚才，稍微碰到些……”

像是感到有些难为情，少女满脸高傲地撅起嘴，忽然指着最里面的装饰架问道：

“那个是？”

“唔？”

“去年来的时候没有那个人偶。”

说着，她倏地走近装饰架，脸庞凑近身穿黑色洋装人偶的白色小脸。

“去年年末，在祖阿比町举行过一场人偶展览会……”

我总算回忆起了这段往事，

“我很喜欢，于是就……”

“这样啊。所以就买下来了吗？”

“嗯。”

“你知道这是雾果做的人偶才买的吗？”

“雾果……啊，没错。”

原来是这样……我想起来了，

“这是你妈妈的作品，对吧。放在你们别墅的那些，我也有幸欣赏过……然后呢，在那个展览会上又碰巧看见，于是无论如何都想把它带回家。”

“——懂了。”

少女微微点了点头，重新面向我，歪斜着头说道，

“不过，你说贤木先生已经死了，对吧？就在五月初，一楼的那间挑高大厅中？”

少女瞬间眯缝起的右眼和绿色瞳仁的左眼同时毫不迟疑地看向我，问道。

“大概是从二楼走廊摔下去的吧，脖子有没有摔断就不得而知了。”

我禁不住回答道，

“由于走廊的扶手有折断的痕迹，所以我想或许就是从那儿掉下去的。”

“你是在何种状况下摔下去的呢？”

少女问道。对此我无奈地摇了摇头。

“这个……我想不太起来了。”

“原来是失忆的幽灵先生啊。”

与此同时，大风又一次震得窗玻璃直响。可以听见远处传来的低沉雷鸣声。

“我想要听你说——”

见崎突然如此说道，并三步并作两步向我走来。

“哎？”

明明是个幽灵，我还是一时张皇失措。

“你应该还有记得的事情和回想起的事情吧。尽你所能就好，我希望你能详细地说过给我听。——告诉我吧。”

“啊……嗯，好吧。”

我慌里慌张地点了点头，接着向她倾诉了许许多多话语。把死后变成幽灵以来发生的种种……全部一股脑地告诉了她。

我想这一定——一定是因为这三个月我一直太孤独、太寂寞了吧。

# 插叙

“……这就是今年夏天，我遇见贤木先生幽灵的前因后果。他那天花了很长时间详细地向我讲述了整件事的来龙去脉。”

“你就这么一直和幽灵面对面地聊了老半天？”

“对啊。谈话结束的时候外面已经下起雨来了……临走的时候，幽灵先生还建议我带把伞再走，可我最后还是婉言拒绝了。毕竟我不讨厌雨嘛。”

“嗯。——话说回来……”

“有很多令人在意的事情，对吧？”

“那是当然的啦。不过最关键的是幽灵，这个有点……”

“榊原君不相信幽灵的存在吗？”

“这个嘛……”

“还是不愿相信呢？”

“不是愿不愿意信的问题……呃，不过话说，记得合宿的那个时候，见崎你……”

“恐怖小说和恐怖电影中不是经常有幽灵登场嘛。实际上有人目击或是遇见的传闻也不胜枚举吧。”

“话是这么说……但小说和电影归根结底不过是虚构的产物。至于那些发生过的真人真事，大多都不可轻信。”

“但是，我的确见过他啊。”

“好吧。——失忆的幽灵说起来的确挺新鲜的，不怎么听人说起过。”

“是吗？”

“虽说终究是虚构的，但曾有小说和电影使用过类似‘幽灵侦探’这种设定。杀人案的被害者变成幽灵，追查杀死自己的犯人和案件的真相。广义上来说，电影《人鬼情未了》讲的就是这种故事。”

“——没看过。”

“虽然都统称为幽灵，但其实有各式各样的幽灵。日本和国外差别就很大。日本传统的幽灵通常散发着怨气，而且没有双脚——对了，见崎见到的那只幽灵有脚吗？”

“脚？”

“对啊。”

“有哦，两条腿好好地长在身子上，并没有悬浮在空中。”

“至于是否能在物理上干涉这个世界，也因‘幽灵’而异。因为是灵体，当然碰不到东西，但可以随心所欲地穿墙进门。除了以上这种灵异现象，像是在鬼屋中任意开关房门、移动桌椅，这全都是它们所为……这话听上去非常自相矛盾，但换句话说，就算同为幽灵，也各有所长。见崎遇见的幽灵是……”

“他说自己会‘偶尔现身于世’，这有点奇怪吧？”

“啊，嗯。本人有这份自觉的话，要说古怪也的确挺古怪的。——还有，你遇见的幽灵对这个世界还能进行一定程度物理干涉吧？”

“开关房门啦，从抽屉中取出日记本之类的，都能做到。”

“但是他不能接电话。”

“也不能使用书斋的文字处理机。”

“能进入上锁的房间吧？”

“——他是这么说过。”

“换个话题，贤木先生为什么会死呢？又是酒又是药的，还有从天花板垂下来的绳子。总感觉像是在暗示他是自杀一样。”

“直接死因是从二楼的走廊摔落到一楼大厅，脖子说不定都摔断了。”

“他对见崎你左眼的观察，该怎么说呢，算是太过敏锐了吗？”

“说的也是呢。很是犀利，又不挑明。”

“这只‘人偶之眼’和‘我看着相同的东西’，‘注视着相同的方向’，那即是‘死亡’。能洞察到这点，说明他也不断注视着‘死亡’，向往着‘死亡’。不知能不能这样理解。因此他……”

“是自我了断的？”

“至少他曾这么想过。而实际上也已经死了。”

“……”

“不过他姐姐月穗和姐夫比良塚为什么要隐瞒他的死呢？”

“……”

“尸体或许被他们藏起来了，会是这样吗？总而言之，贤木先生的幽灵开始找寻连自己都不知去向的尸体。”

“嗯。似乎一直以来，他都有着属于自己的烦恼。”

“这也很诡异，不如说是少见的剧情模式才对。正常情况下，幽灵知道自己的尸体所在，于是为了告诉世人‘我的尸体就在这儿，请替我找出来’而现身，这种模式很常见……好吧，这也属于杜撰出来的故事。要举例的话，像是过去的著名电影《夺魄惊魂》这种。”

“不知道。”

“唔。这样啊。”

“在我看来，那一天也有好多令人起疑的事情。”

“你是指？”

“去‘湖畔之家’拜访贤木先生的那天，我见玄关的门关着，按门铃又没人来开门……于是就绕到后门，发现门开着，才得以进到屋子里。”

“你还真是大胆呢。”

“因为觉得应该会有人在嘛，所以就……”

“不过，进入二楼书房后，不巧和幽灵撞上了。”

“也可以这么说啦。”

“你是突然闯入房间，把左眼眼罩摘掉才看到他的，对吧。”

“——嗯。”

“之前看不到，突然就看到了？”

“算是吧。”

“正常来说应该会吓一跳吧。”

“各种意义上的确被吓到了。”

“这个……只是听了之前这些话，莫名地一下子就冒出这么多谜团来。先不说围绕在贤木先生身上的死亡之谜以及尸体的去向，其他还有值得注意的琐碎小细节。”

“……”

“……”

“……”

“……然后呢。”

“嗯？”

“故事的后续呢？”

“你想听？”

“怎么能不听下去。嗯嗯……实际上到底是怎么一回事呢？贤木先生表面上看来是出门旅行了？而事实上是月穗她们隐瞒了真相？”

“——从结论上来说确实如此。”

“那么……”

“但是，还是请听我按顺序来吧。”

“呃……好吧。”

“于是在那之后……我首先主动采取了些行动。”

“什么行动？”

“我有无论如何都想要确认的事情。幽灵似乎不仅出没于‘湖畔之家’，还会在和生前有关系的地方出现。对此我有种猜测。于是呢，虽然不是很乐意，但还是拜托我妈，在那之后第三天……”

# 第 5 章

……人即使死后，也不会归于“无”。我是如此认为的。

死后灵魂还会留在这个世界上？

灵魂……你说得对。虽然我不知道这种说法是否正确。

不去天国或者地狱吗？

这个我也还没找到答案。

……幽灵呢？

嗯？

存在幽灵吗？灵魂留在“这个世界”后，会变成幽灵吗？

正经的大人会回答你没有幽灵吧，这是他们的职责。……嗯嗯，但或许存在幽灵哦。

懂了。

可能只是我希望存在吧。好啦，就算存在，也不是每个人都会变成幽灵的。

## 1.

五月三日那晚，临死之际，我从镜子中目视到的嘴唇颤动经常栩栩如生地浮现在我眼前，以致心情怎么也平复不了。

我那时到底想说什么？

我那时又说了些什么？

沾满血污的脸因扭曲而变形，突然僵硬的脸部逐渐舒缓开来。接着……

起初，我像是突然想起什么似的，嘴巴稍微动了一下，但是并没有发出声音。

之后嘴唇开始小幅度颤动起来。

虽然只是微微地震动，但我记得那个时候……的确发出过声音，并且似乎可以勉强听清在说什么……

在这之前，即使我回想起当时那一幕，声音似有若无，仿佛能看清却又看不清，像是有声音传入耳际，其实什么都没听到……一直重复着这种焦急厌烦的情绪。然而如今，我终于……

从嘴唇中吐出的第一个字。

我觉得大概是“tsu”吧。

然后第二个字是“ki”。

接着嘴唇又动了一下。虽然这次没有发出声音，不过张开的嘴巴呈圆形，似乎像是元音“o”。

……这样的话？

我那时最后的遗言就是“tsu”和“ki”。

“tsu”“ki”——“tsuki”是写作“月”吧。话说那天晚上倒是半月当空。但这之间应该没有任何关系吧。——如此说来？

“tsu”“ki”或许不是我想要说的全部吧。

只是部分而已。其实还有后续，但我当时并没有成功发出声来。照这思路继续下去的话……

张开的嘴巴呈圆形——元音“o”，符合条件的音节有“o”“ko”“so”“to”“no”“ho”“mo”“yo”“ro”。

或许我想说的就是“ho”呢。

“tsu”“ki”“ho”连起来就是“tsukiho”。

“Tsukiho”也就是“月穗”——我姐姐的名字。

难道那时我嘴中所念的是月穗的名字吗？但为什么处于弥留之际的我会……

……

……

……

“嗯，就是这样子。”

正是这位月穗，此刻正面露淡淡的微笑，其中还带有一丝担忧之情，说道，

“我弟弟从今年春天起，就一个人出门旅行去了。”

“他去哪里旅行了呢？”

雾果问道。她就是见崎鸣的母亲，同时也是制造那具黑色洋装少女人偶的人偶师。

“我也不清楚。”

月穗笑容依旧，歪着头回答道，

“从很久前开始那人就是这个样子。也不向我们知会要去哪儿，突然间就消失无踪。而且还是相当长的一段时间……要说的话，这算是一种流浪癖吧。”

“令弟还真是个自由自在的人呢。”

“有好几次觉得他很快就会回来，想不到竟然去了国外。因此我们现在也习惯他这种行事作风了。”

喂，不对——不是这个样子啊。

听着她们两人之间的对话，我焦急得捶胸顿足。

这次不是这个样子的啊。

我死后变成幽灵，明明就在这里啊。

……就在这栋见崎家的别墅里。

如今我身处一间宽敞的起居室中，明媚的阳光透过花边窗帘射入房间。由于别墅是建在海边的缘故，为了通风而敞开的窗外不断传来海浪的声音，期间甚至夹杂有海鸥之类海鸟的鸣叫声。

月穗接受雾果的邀请，带着两个孩子来参加午后的茶会。——在这中途，我突然出现在这里，宛如轻飘飘地从天而降一般。

桌子上摆放着饮料和装满点心的器皿，六个人围坐在四周。

分别是来访的月穗、想、美礼，加上见崎家的雾果和鸣，甚至连鸣的父亲见崎氏也在列。虽说他和比良塚修司年龄差不多，但感觉比修司要年轻，整体上来说有种运动派的活力。

“难得您邀请我们，不巧我家主人有事在身……真是深感抱歉。”

“不用在意。”

对于月穗的致歉，见崎氏大度地回应道，

“比良塚先生是大忙人，我们只是来这里度假的。据说他这次要出席县议会吧。”

“嗯，是啊。经过周围人的强烈要求，还有本人似乎也下了决心。”

“比良塚先生各方面都很有能力，自然而然，要求参选的呼声就高了。话说选举是在初秋吧？”

“嗯。所以现在已经是忙得焦头烂额了。”

“夫人也真是辛苦了。”

雾果说道。

“不不，我又没有帮到他什么忙……”

“其实今天邀请你们来是鸣的请求。”

“是嘛，是小鸣的主意？”

“那孩子突然说想见见大家什么的，还要求晃也先生也务必一起来……鸣，我说得没错吧？”

“是。”

听到自己被提起，见崎鸣举止端庄地回答道，

“去年在‘湖畔之家’，听晃也先生讲了很多有趣的事情。所以……”

“哦？有这种事情啊。”

见崎氏抚摸着蓄得短短的胡子，微笑着说道。

“是。”

鸣依旧很有礼貌地回答道。

“说来去年小鸣的确来玩过呢。那时正好我也在，还有想和美礼……”

月穗说着忽然两眼眯起。在我看来像是在强忍泪水，不过为了不让见崎家的人察觉，又马上恢复到平常的表情。

“真是抱歉，晃也他不能来。”

“贤木先生他什么时候能回来呢？”

对于鸣的询问，月穗脸露淡淡地微笑，歪着头回答道：

“这就不清楚了呢。他真的是个随心所欲、捉摸不透的人。”

“那个……能通过手机和他取得联系吗？”

“晃也他没有手机。而且他家附近的手机信号也不是很好。”

“有些移动网络运营商的手机在那附近貌似没有信号。”

雾果补充道。

“是嘛。”

鸣点了点头，回答道。轮流审视月穗和雾果的视线忽然转向旁边，停在某一点上。

那是想和美礼并排而坐的椅子后方——我恰好就出现在那附近。

见崎鸣今天并没有带眼罩，感觉左边的绿色瞳仁一瞬间闪过一丝妖异的光芒。——果然是这样子吗？今天她也看得见我的身姿。

## 2.

“对了，小鸣。那里的绷带是怎么一回事啊？”

月穗询问道。虽然看得出来她想要改变话题，但鸣的右肘确实绑着绷带。

“昨天早上骑自行车的时候……”

鸣回答道，

“伤得不是很重。”

“那是练习骑自行车的时候伤的。”

雾果补充回答道。

“这样啊，小鸣学会了吗？”

“这两天进展不是很顺利，于是我建议给她进行特训。”

见崎氏进一步补充道，

“哎呀，但是其实也不用勉强去学，还是在于适合与否吧。对吧，鸣？”

见崎氏看向自己的女儿，放身大笑。只见鸣面无表情，一言不发——也不像是闹变扭的样子。

“小鸣姐，小鸣姐。”

美礼从椅子中站起身，走向鸣说道，

“喂，小鸣姐，一起玩娃娃吧。”

“咦？”

对略显疑惑的鸣，美礼指着房间中装饰架的方向，说道：

“就是那个娃娃啦。”

“喂喂，小美礼。”

月穗制止道，

“那个娃娃啊，做出来不是给你玩的，知道吗？”

装饰架上摆放有好几个像是雾果作品的人偶。虽然身材小巧，但每个都是拥有纤细美貌的少女人偶。

“哎——”美礼流露出不满之情。想对此却视若无睹，独自一人走向组合沙发。月穗的视线则一直追随着他。

“小想怎么了？感觉没什么精神啊。”

雾果问道。

“呃……那孩子似乎也到叛逆的年龄了。”

月穗一边忧心忡忡地看着想，一边生硬地回答道，

“今天我还觉得他会不高兴一起来，但一听是见崎家的茶会，就说他也去。”

“小想和晃也先生感情那么好，一定很寂寞吧？”

雾果说完后，保持坐姿转向想，招呼道：

“小想，还要再吃些点心吗？还是来点冰镇橘子水？”

想一声不响地摇了摇头。接着就立马从刚坐下的沙发上站起身，走向刚刚美礼所指的装饰架。驻足于装饰架前，透过玻璃窥看其中的人偶。

“小想也喜欢这个人偶？”

见崎鸣来到想的身边，问道。只见他瞬间像是吓了一跳，肩膀直打哆嗦，马上点头回答道：“嗯，是啊。”

“贤木先生应该也喜欢人偶吧。”

“——嗯。”

“所以，想也喜欢？”

“一般吧。”

“这里面最喜欢哪个人偶？”

“啊，这个……”

“小鸣姐，小鸣姐。”

这时，美礼也跑了过来。

“小鸣姐，一起来玩娃娃吧。”

“喂喂，小美礼。”

月穗与刚刚如出一辙地阻止道，

“不行哦，这样会给姐姐添麻烦的。”

在此期间，想再次独自一人回到沙发边。眼中露出有些落寞的神情，悄悄叹了口气后……开始轻声自言自语道：

“不知道。我什么都……不知道。”

“想？”

月穗有些惊慌地叫着儿子的名字，从椅子中站起身来，

“不可以哦！又说这种话……”

“嗯……我知道了。”

“啊，今天天气不错。”

这时鸣突然说道。身体面向随风飘动的花边窗帘，一面护着缠有绷带的右肘，一面使劲地伸了个懒腰，

“我稍微到外面去一会儿。”

## 3.

鸣所说的“外面”指的是紧邻房间的阳台。

感觉就像是在对我说“你也一起来吧”一样。犹豫过后我最终还是追了上去。

鸣从阳台往下走到庭院的草坪上，远眺大海。就在我慢慢向她背后靠近的时候，突然——

“贤木先生？”

少女轻巧地转过身问道。左眼的绿色瞳仁直勾勾地盯着我这边看。

“嗯，正是。不过还是幽灵形态。”

“自从前天‘湖畔之家’那次以来，今天是头一回现身？”

“——应该是吧。”

“这样啊。”

鸣再次迅速地转过身去，重新把目光投向大海。

虽说别墅建于海边，但海滨并非近在咫尺。走到海岸边还要花上几分钟，不过由于位处小坡上，视野非常好。

“我曾经在这里看见过一次海市蜃楼。”

片刻后，鸣说道。

“咦——什么时候？”

“去年八月份，回夜见山前的某天。”

“盛夏的海市蜃楼?”

“也不是什么大不了的东西。只是看见行驶在海上的船只上方，模糊地浮现出另一艘一模一样的船，不过样子颠倒了。”

“这在夏天可是非常少见的啊。”

“由于邻近海面的冷空气和上空的暖空气之间产生的温度差引起光的折射现象，产生了这种虚像……”

“对。这就是春季型上现海市蜃楼。”

我流畅地讲述着从脑中流泻出的知识，

“冬季型和这种相反，由于海面附近的空气比较暖和，空中的温度比较低，所以虚像出现在实物的下方，因此称作为下现海市蜃楼。不管哪种，我都拍到过。”

“——我看过你拍的照片，去年也是向我这么讲解的。”

“这样子啊。”

“对了。”

见崎鸣再次转过身来，说道，

“我好像没说前天为什么会去拜访‘湖畔之家’吧。”

“嗯，是啊。说来……”

因为我就光顾着讲自己的事情。

“实际上呢。”

鸣闭上双眼，接着又缓缓睁开，说道，

“我想向贤木先生详细打听下距今十一年前，也就是一九八七年，您还是中学生的时候遭遇的那起事故。”

"……"

"您前天已经告诉了我，初中三年级第一学期，您一直在三年级三班。修学旅行的时候遇上的巴士事故使左脚受了重伤……那时候死了很多人。"

"——没错。"

"那之后，贤木先生的母亲也去世了。你们一家在暑假前从夜见山搬到这里来，还转了学。因此成功逃过了'灾厄'。"

"'灾厄'……你说的没错。就像之前我说的那样。"

我老实地点了点头。鸣同样颔了颔首，接着说道：

"实际上，我……"

她刚想开口，就被我打断了，

"你想说，你现在也是三年级三班的一员，对吗？"

我抢先问道。

先前看到夜见北学生死于事故的报道的时候，就觉得"这种可能性不为零"。

鸣颤抖了一下，无言地点了点头。我继续说道：

"五月底我无意中看到一则报道。是叫樱木由香里吧，她是夜见北三年级学生。那个孩子死于校内，母亲当天也不幸去世了。从那时开始，我就任由自己多余的幻想无限膨胀。你可能和她是一个班级的学生……"

鸣再起颤抖了起来，点了点头。

"今年是'发生年'？"

我问道，

“班级中混进了‘多余的人’吗……那‘灾厄’呢？”

“——已经开始了。”

鸣压低声音，回答道，

“死了好几个人。暑假前，连班主任老师都……”

“啊……”

“……所以。”

“所以？”

“如果贤木先生是一九八七年那次‘灾厄’的当事人的话，我想或许能从你这儿打听到些有用的情报……因此不管三七二十一，就先跑去了那栋宅邸找你。”

“不过我已经死了，还变成了幽灵……吓了一跳吗？还是备感失望呢？”

鸣什么也没有回答，只是微微有些疑惑。

上空传来“叽叽，咕咕”的鸟鸣声。仰头望去，几只海鸥在低空中飞来飞去。

“假如我还活着的话，应该能够告诉你些对你有所帮助的事情吧。”

我说道。但鸣还是满脸困惑的样子。

“是吗？”

“要我说的话，也只有逃跑一条路。我们以前就是这么做的。”

"逃跑……"

"至少我们当时因此而得救了。暑假中来我这里避难的同班同学也都安然无事。"

"是指照片里面的那些人?"

"嗯，是啊。"

石木泽，樋口，御手洗，新居——我依次回忆起当时和我一起拍下那张照片的四个人的容貌。

就在我想要如此回答的时候，忽然听见一丝嘈杂的声音。

与这之前环绕于四周声音截然不同，条件反射似的引起我的不安……

……那是尖锐的警笛声。大概是警车发出的吧，而且还不止一辆。

越来越接近，过了不久，就停在从这里都可以望见的沿海道路上。

"发生了什么?"

"发生什么事了?"

我不由得和鸣异口同声地自言自语道，

"会不会发生什么事故了……"

"唔——这里离那边不是很远，如果是车祸的话，我们应该听得见类似两车相撞的巨大响声才对。"

"那么……"

"可能是有人溺水了之类的吧。那边离海水浴场挺近的。"

鸣一边说着，一边小伸了个懒腰，望向停有警车的附近。集中精神想要看清一星半点现场的情况。

“啊啊……你看，好像聚集了很多人的样子。所有警察都往海边……”

海风传来众人七嘴八舌的声音。虽然听不清具体内容，但可以感觉到空气中弥漫的紧张气氛。

“果然是海上发生事故了？”

“可能不是事故，而是案件呢。”

鸣重新面向我，说道，

“或许是海水浴游客中起了什么纠纷，有人报警了吧。至于其他可能性嘛……”

像是故弄玄虚一般，鸣突然打住了话头。

“例如什么？”

见我催促，她又停顿了一会儿后，如此回答道：

“也许有尸体被海浪冲上岸了。可能性不为零，不是吗？”

“呃……”

对于“尸体”一词，我理所当然地产生了强烈的反应。

被海浪冲上岸的尸体。在被冲上岸之前，尸体要么在海中漂流，要么沉在海底。——难道那是——

那是——那具尸体是……我的？

随着想象的深入，我眼中的视界忽然歪斜扭曲起来。

……我的，尸体。

我的尸体被人丢到海里去了吗？然后直到今天才……

它就在那里。经过长时间海水的浸泡，变得浮肿发胖。被鱼群蚕食之后，一定变得千疮百孔了吧……

“你那么在意的话，要不去确认一下？”

仿佛看穿了我内心一般，鸣建议道，

“虽然我觉得也不用着急，迟早会有消息过来的。”

“嗯……你说得对。”

尽管我点了点头，但却怀着坐立不安的心情，身子随着远处警车顶灯回转闪烁的光亮左右晃动。然而，就在这时——

“发生什么事了？外面怎么这么吵。”

见崎氏说着从阳台走了出来，

“——嗯？那里怎么会有警察……像是出了什么事啊。”

当时，不知怎么的，我突然感觉自身的存在变得稀薄。再这样下去，又会被拉入“虚无的黑暗”中吧。我有一种预感，与出现时相反，我将面临消失。

“……不要说话比较好哦。”

见崎鸣向我耳语道，

“等没有人的时候再见吧，幽灵先生。”

## 4.

这之后，我体验了之前从未有过的不安定感，不过好歹还是继续留在了原处。那才真该说是“断断续续的”体验。短时间内不断重复着现身后消失、消失后再出现的戏码。

至于在见崎鸣的左眼中，我会是什么一副模样，这就不得而知了。

发生在海岸边事故的骚动持续了好久，不过我最终还是没有去“确认一下”情况……数十分钟后，从见崎氏的口中，我们得到了具体的情报。至于他是从何种渠道获取的信息，我就不清楚了。只见他去别的房间打了个电话，估计在警察那边有什么门路吧。

“在海滨似乎发现了一具尸体。”

从房间回来的见崎氏向大家说明道。

在这之前，我又将再次消失的步伐，似乎因为他的话语而暂时停止。

大家对此的反应也是因人而异。

“哎呀。”雾果手捂着嘴，尽管皱着眉，但清澈明亮的眼神却投向窗外。

“哎?”月穗声音上扬道。只见她垂下头，总感觉有些慌张。可能是我的心理作用，她的脸色看上去有些苍白。

“尸体?”小美礼则是疑惑地看着母亲。

“啊……没什么。”

察觉到的月穗连忙解释道，说着便把女儿抱入怀中。

“和小美礼你一点关系都没用，不用在意。”

远离母亲和妹妹而坐的想，从沙发中缓缓站起身来。不改往常，脸上依旧面无表情，环视了一下在场众人后，轻声地自言自语道：

“不知道。”

之后又再次坐回沙发上。

“是什么样的尸体呢？”

提出问题的是鸣。或许是后悔作了不合时宜的汇报，见崎氏略显尴尬地捋着嘴边的胡子，回答道：

“最近有一对夫妇行踪不明。他们从来海崎对面的海滨乘船出游后，就再也没有回来过……我不知晓的这几日内，似乎已经引起了大骚动。刚刚发现的尸体是其中一人。”

“——这样子啊。”

“好像是女性溺死的尸体。男性的尸体还未找到。”

“是女人的啊。”

“嗯。总而言之我是这么听说的。”

……女性溺死的尸体。

存在感再次开始变得模糊，我清晰地听着两人的对话，并正确地领会了个中含义。

被海浪冲上岸的是女性溺死的尸体。

女性……也就是说那不是我的尸体。

当我认识到这点时，突然心中感到松了口气。——真是奇妙的感觉。

为什么我会松了口气？

为什么我会放下心来？

我明明在不断寻找着啊，那具如今连自己都不知道身在何处的尸体。那为什么我会……

难道其实我不想承认自己已经死了？都到了这种时候，心中竟然还留存有这种想法。——这怎么可能！

应该不是这样。我只是有些迷茫……不如说，这只是基于生前感觉的反射性想法吧。

## 5.

这一天的茶会快结束的时候，我依旧勉勉强强地逗留在起居室内，不断重复着出现后消失、消失后再出现的戏码。

“明天我可能还会去‘湖畔之家’。”

这时见崎抓住一个附近谁都不在的时机，态度爽朗地向我轻声搭话道，

“下午，比如两点左右的样子。”

“哎？”

见我吃惊狼狈的样子，她微笑了起来。

“到时可以再告诉我一些事吗？”

“——就算你这么说。”

我也不可能回答，好啊。然后就和约定好的一样出现在那

里。——这不是幽灵该有的样子。

“明天不行吗？”

“这个嘛……不是行不行的问题。”

“嗯。好啦，就这样吧。”

见崎鸣鼓着脸说道。之后又马上恢复成平时的表情。

“总之呢，明天我会过去。”

说着，她缓慢地抬起右手，用手掌遮住右眼。此时右肘上缠着的绷带一头松开了一些，轻飘飘地摇摆着。

“毕竟有很多令人在意的事情。”

“啊……这个嘛。”

我难以给她答复。少女的绿色瞳仁直勾勾地看向我，然后说道：

“我大概明白是怎么一回事了……不过，那里好歹是贤木先生的家，所以还是请您努力现身吧。好吗，幽灵先生？”

# 第 6 章

即使死了，有些人会变成幽灵，而有些人不会吗？

据说对这个世界怀有怨念或是留恋的人，死后才会变成幽灵。

像是受到很过分的对待而惨死的人？阿岩[①]那种？

听说变成怨灵后，会向过分对待过自己的人进行复仇。其他的嘛，比如还没有向重要的人传递自己的思念就死了的，或是没有被众人好好吊唁过的……反正，说到底都是人们的想象而已。

没有怨念或是留恋的话，就变不成幽灵吗？

按照佛教的观点，会成佛吧。

基督教和这不一样吗？

不知道是什么样的呢。

宗教不同，“死亡”也不一样吗？

“死亡”的本质只有一个。但是不同的宗教看问题的方法不一样。

……

但是。

……但是？

先把宗教，还有幽灵是怎么一回事的问题放一边，我……

---

① 《四谷怪谈》中出现的人物，被丈夫所杀，化为怨灵进行复仇。

## 1.

虽说我确实把握住"幽灵该有的样子"，也就是，即使想要在特定的时间、特定的场所现身，也未必能够成功现身。但结果是，翌日八月一日刚过下午两点，我便成功出现在"湖畔之家"。至于这是否是对见崎鸣"请努力一下"的鼓励的回应、付出努力过后的结果，我就不得而知了。

最后我在宅邸的后院找到了她。

今天她身穿网球裤和黑色 T 恤，披了件柠檬色的夏季开衫，头戴白色无檐帽，背着红色的小帆布背包……此时她正站在后院一角排成一列的小动物墓碑边上。那些由碎木片制成的十字架做工并不精巧。见崎鸣一边用手指抵在下巴上，一边凝视着它们。

"你来啦。"

我主动打招呼道。

她转过身子，双目捕捉到我的存在。今天没有戴眼罩。

"贤木先生？"

见崎鸣问道。

"嗯，没错。"

听了我的回答，见崎鸣嘴唇紧绷，不过脸上透露出些许微笑。

"这不是成功现身了嘛。"

“嗯……总算还是成功了。”

我谨慎地向前迈着步子，站到重新面向墓碑的鸣身边。

“这就是你之前提到的为乌鸦做的坟墓？”

“对啊，就是这里。”

我点了点头，看向鳞次栉比的十字架，继续补充道，

“左边那个是乌鸦的，之后都是其他动物的。”

“懂了。”

鸣迈步走到左侧墓碑跟前，把视线投注于其上。接着一步一步向右移动，把大小参差不齐的墓碑挨个看了一遍。不一会儿，在右侧不知道第几个十字架处停下了脚步，与此同时出声低语道：

“这像是《禁忌的游戏》[①]呢。”

瞥了一眼，见我没反应，继续说道，

“不过是很久以前的法国电影了吧……”

“嗯，那个啊……”

我匆忙搜索记忆之海，不过只有部分脑细胞可以自如地运作。我顿时感到窝囊懊悔以及对自己的无法忍受。

“那么，比如——”

鸣又向右走了一步，俯视地面说道，

“贤木先生的尸体就并排埋在这里。”

---

① Eux Interdits，1952 年的法国电影，片中主角收集战争中死去的动物尸体，并用偷来的十字架为它们树立了墓碑。

“哎？”

我冷不防吓了一跳，追随着她的视线。那是密密麻麻覆盖着杂草的坚硬地面。

这里？

这下面有我的尸体？

不对，应该没有——我转念一想。

“应该不在这下面吧。”

我回应道，

“要挖一个能放进人类尸体的大坑，然后再重新填埋好，一定会留下相应的痕迹才对。但是这里的地面状况感觉和其他地方相差无几。”

我已经考虑过尸体被埋在庭院中某处的可能性。自己也大致上检查过一遍了。

“你说得也对。不仅是这里，附近的地面看上去都一样。”

鸣目光上扬，说道，

“那么就去看看其他地方吧。麻烦你带路啦，幽灵先生。”

## 2.

“去年暑假来这儿的时候，我就是在这里写生‘湖畔之家’的。不知道眼前的宅邸属于贤木先生。小想发现了我，就把你从湖岸边……”

与动物们的墓碑处于相反方向的庭院中（方向位于东侧），离宅邸不远处有片树荫，见崎鸣止步于此。

“那时候的素描簿，我今天还带在身上。”

说着，鸣突然转向我这边，从背着的帆布背包中取出一册素描簿。八寸大小，封面是暗淡的黄绿色。

“去年我把这个忘在自家别墅就回家了，之后又没有机会回来取。否则现在手边就是今年新买的素描簿了，算是因祸得福吧。”

她到底想说什么？

难以揣测对方心中所想，我伫立在原地。

一阵略带潮气的风吹拂而过，只听鸣头上的枝叶摇得沙沙作响。沐浴在透过枝叶缝隙洒下的阳光中，站在那里的少女身姿看上去也像是在摇晃。

头上是盛夏澄清的天空。

我站在树荫外，阳光毫不留情地照射下来。就像是要把我这种早就应该从这个世界上消失、徘徊在黄泉黑暗中的不纯物燃烧殆尽一般——就在我意识到这点之时，明媚的午后风景转瞬间就变了样貌。

我像是被突然丢进了黑白颠倒的异样世界中，不由得闭上双眼，无力地晃动脑袋。

“好了，你看。”

这时传来鸣的声音。只见她招呼我到树荫处，并翻开取出的素描簿向我展示。

“这幅画是——”

那是一幅铅笔素描。作者当时坐在这里，以细致的笔触勾勒出眼中所见的宅邸以及四周的景色。

画中所画的是一栋两层楼的西洋式建筑。外墙上像是铺有雨淋板，窗户基本上都是纵长的上下推拉窗。屋顶不是对称的山形，而是由两种不同角度的斜面拼接在一起。连贴近地面的地方都并排着许多小窗……

“哟，画得不错嘛。”

对我如实说出的感想，她竟“噗嗤”地笑出声来。

“谢谢你的夸奖，幽灵先生。”

接着以稍微有些尖锐的声音问道：

“看了这幅画，不觉得有哪里奇怪吗？”

“哪里是指？”

“请你把现在从这里看见的建筑样子，和这幅画上的试着做下比较。因为不是照片，我也无法保证画得分毫不差，不过……”

于是我重新开始审视眼前的宅邸。

大概是从春天开始就没人打理的缘故吧，和素描画相比，杂草茂盛，给人以一种荒凉的感觉。一楼以及贴近地面并排的窗户，有些甚至隐没于长得老高的野草阴影中……

我注意到的区别大概暂时就这些吧。

“下面那些窗户是地下室采光用的？”

鸣指向前方询问道。

“嗯，是的。”

“之后，能带我去看下地下室吗？”

“我是不介意的啦。”

回答完后，我又摇了摇头，

“不过，我的尸体应该不在那里，已经搜查过那儿了。”

“——这样啊。”

就这样手持翻开的素描簿，见崎鸣开始步行离开树荫下。

“那是？”

在缓步接近宅邸的过程中，她再次指着前方问道，并回头看向留在树荫处的我。

“这里也和我去年画中的样子不一样。”

她所指的是从我们这边望去的宅邸的右后方。像是有个白色的物体被埋在肆意生长的杂草中。

“啊……真的。”

那是一件约有一米多高、做工马马虎虎地巨大物体。……仔细观察的话，发现那是一具双臂张开、仰望天际的天使像。

“去年应该没有这种东西才对，是什么时候放在这里的呢？”

就算问我，我也只能给出“谁知道呢”这种不靠谱的回答。——不知道。完全没有印象。

难道——忽然一丝疑惑自然而然地划过脑际。

先前没有注意到这里，不过或许我的尸体就埋在那里？比如这座天使像就是标记。

不过，我和鸣两人认真观察了下天使像附近的地面，和后庭墓碑附近一样，完全没有疑似春天以后有人埋藏尸体的痕迹。

## 3.

听从见崎鸣的要求，这之后我们一起造访了挨着宅邸建造的车库。进入昏暗的室内，我竟有些奇怪地感到一丝安心。果然是由于幽灵不适合盛夏的阳光的关系吗。

鸣走近肮脏的旅行车，窥视起驾驶席来。

“车内已经调查过了。”

我夹杂着叹息面向她说道，

“还有后座、行李箱都没有任何异状。当然连车子下面都……”

“你最后一次坐上这辆车是什么时候的事呢？”

“记不得了。”

听见她的自言自语，我低语道。——不清楚也不记得了。

“你平时都开这辆车去月穗家？”

“嗯。”

我回答道，

“因为走过去太远了。”

“小想也经常坐这车吗？”

“这个么……”

我不慌不忙地搜索大脑记忆，然后摇了摇头，

“没有，我很少载人。自己开车的时候，不管是小想还是月穗姐……”

……这是为什么呢？

自问的同时，我也找到了答案。

“事实上，连我自己都很讨厌坐车。不过觉得有必要就去考了驾照，买了车子，和普通人一样开车兜风。”

“但其实很讨厌，对吧？”

“嗯。差不多就是这样子……对了，应该是感到非常恐惧吧。从内心深处觉得好可怕。坐车这件事本身实在是太吓人了……因此我也不喜欢别人坐我的车。”

“因为这让你想起十一年前的巴士事故？”

见崎鸣从驾驶席的车门退后一步，眯起右眼问道。

“大概，是吧。”

我一面搜索着有关于此的记忆，一面点了点头，

“毕竟是很严重的事故。”

**——因为是很严重的事故啊。**

“我怎么也忘不了那时的悲惨光景。”

**——忘不了。**

“我一直开导自己，那起事故是特殊的‘灾厄’引起的。然

而，就算不再和那种‘灾厄’扯上关系，也一样会遇上交通事故。”

“……”

“车上只有自己，开车的时候遇上事故那还好，如果当时还有其他人在车上的话，光想想就已经……”

**——只死我一个的话，无所谓。**

**——如果只有我死了……**

“……所以。”

“所以你不再想开车载人了？”

“就是这么一回事。”

“我明白了。”

鸣背朝着旅行车，又自言自语道，

“还真是一直无法忘怀呢，贤木先生。”

接着，见崎鸣在车库中走了一圈，一会儿检查一下挂有车钥匙的挂钩，一会儿凝视着摆满了各种工具、道具、零部件以及用途不明破烂儿的架子。

“这里每个角落我都调查过了，哪儿都没有我的尸体吧。”

我对鸣催促道，

“已经够了吧。如果还想找下去的话，去别的地方……”

就在这时，响起了一阵“嘎吱嘎吱”的异响。

嘎吱嘎吱嘎吱嘎吱……

这是？还来不及多想——

可怕的巨响震颤了整个昏暗的车库。

但我还是不知道原因为何。

或许是鸣的帆布背包被架子上露出的工具给勾住了。要么和她的动作没有直接关系，原本就腐朽老化、变得不安定的平衡状态在这一刻分崩离析。不管怎么样——

发出巨响的罪魁祸首是放在墙边大架子上的各种物品向前摔落在地的声音。

“啊啊啊！”

只见见崎鸣被压在倒下的架子下面。

“……怎么会。”

少女原本就看上去纤细的身体像是马上就要被压扁一样。

“……不会吧。”

扬起的大量灰尘宛如浓雾一般。我的视线因此受阻，看不清她具体的样子。——然而，不一会儿功夫。

少女的身姿渐渐进入我的视线中。

恰好在架子边上的鸣，似乎在千钧一发之际躲过了攻击。虽说幸免于难，但由于躲避时的惯性，整个人摔倒在地上。可是，这次——

倚靠在架子边上的铲子、鹤嘴锄之类的工具随着冲击依次倒下。连锁反应一般，不断响起的声音穷凶极恶且极具破坏力。飞扬起的灰尘再次犹如浓雾似的，把见崎鸣的身影包裹了起来。

“没……没受伤吗？”

我慌忙跑向她身边，可是——

只见她趴在地上，一动不动。

背上沾满灰尘的帆布背包失去了本来的颜色。帽子掉在地上，鹤嘴锄尖端就倒在脑袋旁边。啊，如果向旁边再偏个几厘米的话，后果不堪想象——

“没受伤吧？”

我扯着嘶哑难听的嗓音，呼唤道，

“喂，你……”

虽然我这么跑了过来，但仔细想想的话，又能做什么呢？变成幽灵的我，到底能做什么？

扶她起来？

还是替她治疗伤势？

到底我能……啊啊，够了，到底应该怎么办才好！？

因强烈的焦躁和困惑，我变得有些反常——

见崎鸣的身体动了。

只见她两手撑地，抬起膝盖……靠自己的力量站了起来。

“啊……”

我从心底发出一丝如释重负的声音。

“你……要不要紧？”

“——似乎没啥问题。”

“有没有受伤？”

“我想没有吧。”

鸣捡起掉在地上的帽子，站起身，掸了掸沾在衣服上的灰尘。眼见自己右肘上的绷带有些脱落，她稍许皱了下眉，索性全部解开，然后俯视着掉在地上的铲子和鹤嘴锄，伴随着一声叹息，自言自语道：

“嗯，好讨厌的感觉。不过……对了，这里不是夜见山真是太好了。”

## 4.

我们离开车库后，遵从见崎鸣的要求，又把足迹延伸到了水无月湖湖畔。

“去年在这里遇见贤木先生的时候——”

站在岸边的见崎鸣带着一丝悲伤又或是饱含忧愁的眼神，望着波光粼粼的湖面，说道，

“那时贤木先生说了一些有关我左眼的话……前些日子你又说了一次，我有好好记记住。实在太让我印象深刻了。”

“啊……嗯。”

——透过那只绿色的眼睛，你或许和我看着相同的东西，注视着同一个的方向呢。

对，我那时候是这么说的。

“‘相同的东西’和‘同一个方向’，一定是指‘死亡’，对吧？”

鸣窥探我的反应，嘴中不停重复着“对吧？”

“你为什么这么想？”

我反问道。

“因为……我的‘人偶之眼’只看得到那个啊。”

少女回答道。

“你是说看得见‘死亡’？”

“是‘死亡’的颜色。因此——”

见崎突然缄默不语，徐徐抬起右手，用手掌轻轻地遮住自己的右眼，继续说道，

“因此那个时候我就说了，和我一样的话，不是什么好事。”

原来如此。那天她站在岸边的确这么说过。我听的时候感觉非常不可思议……

“贤木先生的尸体可能就沉在这下面。”

见崎鸣重新面向湖面，说道。

“在这个湖中？”

我也曾经设想过这种可能性。

“你为何这么认为？”

“比起大海，还是这里更像那个——更加合适用来藏尸。”

“合适？”

“这片湖不是有一半是死的嘛。所以我总觉得……”

在这片不存在生命体的双层湖“死之底”中？

“但是，这样的话……”

“不知何时尸体或许会浮上来，也可能不会。——你不去确认吗？不去试着验证一下吗？”

“呃……”

“对变成幽灵的你来说，这应该不是什么困难的事吧？让活人潜到水底去查看实在太麻烦了。”

虽然觉得她讲得挺有道理的，但是我却呆立原地，纹丝不动。

简单来说就是，现在离开“生时残像”，只以自己的意识（——灵魂？）潜入水底就行。是这个道理嘛。不过——

对到底具体要怎么做，我又摸不着方向。这是由于自己变成幽灵后被囚禁束缚在这个“残像”中的时间太久了吗？

我把视线从湖面移开，慢慢地摇着头。突然，那晚的声音又在脑海中响起。

（你这是做什么……晃也）

再次复苏的记忆（……快停下！）。

仿佛要渗出来似的（……不要管我）。

这大概是月穗的声音（怎么能这么说呢……不行！）。接着出现的是我的回应声（……不要管我）（我……已经……）。

我想要理解这究竟是什么意思，可声音却逃也似的消失了。取而代之渐渐浮现出来的，是映照于镜子中、临死之际我的脸庞。

我那颤动的嘴唇中发出的声音。

好像是“tsu”“ki”。

就如之前思考的那样，那时我嘴中想说的果然还是“月穗”吧。虽然勉强发出了“tsu”和“ki”的音，但是还没有念出“ho”就精疲力竭了，是这样吗？还是……

有没有其他的可能性？

有没有可能我想说的是别的字词？

我怀着近似焦急的心情继续思考。

比如——

比如我想说的是这个湖的名字呢。水无月湖……minadukiko

头两个音“mi”和“na”嘴唇只是动了动，并没有发出声。成功出声的只有接下来的“du”和“ki”。而且我把“du”听成了“tsu”。至于剩下的“ko”和“ho”的元音同样都是“o”，不也和最后的唇形相吻合吗？

Minadukiko……水无月湖。

但是临死之际，我为什么会提到这个湖的名字呢？——这个假说还是不对吗？

也就是说，果然这……

“你怎么了？”

见崎鸣的询问让我逐渐缓过神来。

“还是又想什么来了？”

“啊……没什么。”

我回答道。就在这时——

（……在这里）

不知从哪里依稀传来只言片语。

（至少……在这里）

这是什么？

不知何时，我曾听过一模一样的声音……

“……在这间屋子里。”

……月穗？

这又是月穗的声音吗？就算如此——

到底是什么时候……在何种情况下说的？

我头脑混乱，一言不发。鸣瞥了我一眼，说道：

“我们走吧。”

“啊，呃……接下来去哪里？”

“屋子里面。”

少女背向湖面，回答道。潜台词就是，这不是显而易见的嘛。

“开始鬼屋探险啦。”

# 第 7 章

先把宗教还有幽灵是怎么一回事的问题放一边，我……

什么？

我曾想过……人死后，说不定会在哪里和大家重新连系在一起，心心相连。

“大家”是指？

之前死去的大家。

死后重新连系在一起？是到天国或是地狱之后吗？

啊，不对哦。也不是这么一回事。

……

你知道集体无意识吗？

呃……那是什么？

那是某个心理学家提出的理论。位于人类心灵最深处的无意识，是不是会在类似全人类共通的“无意识之海”中互相连系在一起呢。

哎？

虽然我也觉得他说的并非完全正确……但是呢，我不由自主地有这种感觉。人死后都会溶入那片“海”中。于是在那里渐渐地大家重新连系到一起，心心相连。

那么死了以后，我也能在那里遇见爸爸？

不是遇见哦，是连系到一起。该怎么形容呢，就是灵魂合为一体……

## 1.

我们绕到后门进入屋子内，接着向“外厅”前进。

挑高大厅十分宽敞，相比之下窗户过少，所以虽然现在是白天，但整体上比较昏暗。

环视了一下大厅四周后，见崎鸣安静地迈着步子，走向镶在墙壁上的那面镜子前。略显疑惑地看了会儿镜子后，面向我问道：

“贤木先生倒下的地方在哪里？”

“那里。”

我手指向镜子正前方两米不到的区域，回答道，

“我就仰面躺在那里，脸看着镜子……”

伸展开的手脚弯折成扭曲的角度，鲜血从头部不知位于哪里的割伤处喷溅出来，染红了脸颊和额头，在地板上慢慢地形成一摊血渍……那晚的惨状如今历历在目。

鸣默默地点了点头，朝着那里踏出一步，然后抬头望去。

“二楼走廊那附近的扶手，据说有折断过的痕迹？”

“嗯。”

“还真是挺高的呢。确实，如果运气不好的话说不定就死了。”

少女再次点了点头后，继续说道：

“——话说，前几天听你讲过，你临死之前，似乎想要说些

什么。那会是什么话呢？”

我把知道的一五一十地都说给鸣听。

包括那个时候自己嘴唇的动作、听到的声音。甚至连刚才在湖边针对其中含义做的思考也一并告知了她。

“你只听见‘tsu’和‘ki’……”

鸣一本正经地抱着胳膊说道，

“不过‘mi na du ki ko’这个假设感觉还是站不住脚。”

“——嗯。果然还是‘tsu ki ho’吗？”

但是……这样的话，我为什么要念月穗的名字呢？

“我也不知道……”

鸣低语道。像是打算继续说下去，但最后打消了念头，换了个话题。

“那只钟——”

鸣看着外厅里的那只钟说道，

“那只钟敲响八点半钟声的时候，你听到某人喊你的名字‘……晃也’？”

没错。不知是谁小声地喊着我的名字“……晃也”。

“那是谁的声音？”

见崎鸣问道，

“比如说月穗小姐的？”

“不对。”

我摇了摇头，

“我觉得不是。”

“那么……”

三个月前的那一晚，那个时候——

对了，我突然注意到，当时镜中除了映照出我逐渐迈向死亡的光景，在一角还有发出声音主人的身姿。那是……

“那是想。”

我回答道，

“当时想就在楼梯附近……茫然地睁大眼睛看着我，还叫了我的名字‘晃也’……”

没错。那晚不仅月穗，连想都来到了这栋宅邸，而且理应目击到我死了才对。

所以我才会在那次现身于比良塚家的时候，在心中对躺卧于沙发上的想默念。

——目击到的不仅仅是月穗姐。

——还有你，想。你当时应该也在那个地方……

“看来小想忘记这事了呢。”

鸣自言自语般说道，

“因为经受的刺激太大，所以把在这儿的所见所闻都忘了。”

## 2.

接着我们走上二楼。

检查了一下有过修理痕迹的扶手后，鸣说，她想要再看一次书斋。我也答应了她。

回想起三天前的下午与她相遇的光景，我轻轻地把手放在胸口。已经只是“生时残像”的身体中，心脏跳动清晰地传递到我的手掌中。被这种奇怪的感觉所束缚，我先一步踏入房间，并招呼鸣入内。

三天前的午后，那时——

她能看见理应看不见的我，听见本该听不见的我的声音。当知道她有这种“力量”的时候，我感到非常吃惊，又非常困惑……不过应该也感受到同等程度的喜悦吧。把我从或许会永远持续下去的孤独中拯救出来，哪怕只是暂时，我也感到万分高兴……至少这份心情是真真切切存在的。因此——

因此那之后我才会向比自己小十岁的少女，没有丝毫犹豫、毫无保留地说出自己的一切吧。

就在这时，装饰架上的猫头鹰时钟开始报时了——现在是下午四点。

和在“外厅”时一样，环视了一下室内后，见崎鸣静静地走向写字台。看向桌上的文字处理机，稍许歪了下头，接着把手伸向那个相框。

“这就是满载回忆的照片吧。”

鸣自言自语过后，视线又落到放在相框边上的便签纸上。

“有贤木先生的名字……矢木泽小姐、樋口小姐、御手洗先生、还有新居先生。其中矢木泽小姐和新居先生已经死了，对吧。”

“嗯。”

我老实地回答道。

鸣一面看着我继续说道：

“然而你却接到理应死去的新居先生的电话。”

“对，没错。”

“还真是不可思议呢。”

鸣把相框放回写字台，鼓起半张脸，说道，

“那这个叫新居的人也是幽灵吗？他不是你的同类吗？”

这之后，鸣把目光投向与写字台平放的小箱子上。箱子上放有一台无绳电话的子机，插在兼作充电器的支架上。

只见她一言不发地把手伸向电话子机。

这是要干嘛，是要给哪里打电话？就在我还沉浸于猜想中之时，鸣点了点头，把电话子机放回到支架上。

“是这么一回事啊。”

“什么？”

无视我的疑问，鸣问我道：

“听你说过二楼有几个房间上了锁。虽然我也想瞧一瞧，但作为活人的我也办得到吗？”

“这个么……嗯，行啊。”

我指着房间深处的装饰架，回答道，

“那里有个收纳盒，里面有几把钥匙，应该能打开那些房间。”

## 3.

上锁的房间有两个，都位于二楼的最深处。

我先带鸣去其他地方转了一下，有我平时使用的卧室和壁橱，还有几个长时间没有使用过的备用卧室，以及收藏有音响和相机的“兴趣房”。之后才领她去上锁的房间。

她拿着从书斋收纳盒取出的其中一把钥匙，打开了房门。

放眼望去，只不过是一间类似仓库的房间。整理柜和衣柜之类的东西沿着墙壁整齐地摆成一排。几个巨大的长方形衣箱占据了剩下的空间。

“这里是……”

我向稍感疑惑地鸣说明道：

“这里收集的都是我父母的遗物。”

“是贤木先生父亲和母亲的？”

“一九八七年，十一年前发生在夜见山的‘灾厄’杀死了我母亲。暑假前我们全家从夜见山逃出来后，父亲就把母亲的遗物都放在这个房间内……”

回忆中轮廓不清的部分还是不少，我一边追溯着过去的记忆，一边诉说道，

“那之后，即使我们搬到其他地方，这间房间，父亲还是保持原样。六年前父亲死后，我移居到这里的时候，就把他随身的遗物也都搬到这里——感觉放在一起比较好吧。”

“这样啊。”

简单回答后，见崎鸣眯细了右眼说道，

“贤木先生的父母感情真好呢。”

“……”

“贤木先生也很喜欢这样的父亲和母亲吧。”

呼……不知为何鸣郁郁不乐地叹了口长气，接着问道：

“这里没有你的尸体，对吧？”

“没有——确实没有。”

我缓缓地摇了摇头，

“柜子和箱子里我都调查过了，哪里都没有我的尸体。”

见崎鸣接下来进入的房间乍一看，和先前的风格不同，是一间“过去的房间”。

踏入房间，刚看见室内的样子，从她的嘴中就发出无法仅以惊叹形容的声音。

“啊，这是……”

即使知情的我重新审视室内，眼中所见也算是某种异样的光景。

不怎么宽敞的房间内，除了有窗户的那面墙之外，其他墙上到处贴满了报纸和杂志的集锦或是复印件，还有巨大的模造纸，上面并排着照片和手写的文字。房间的中央有一张细长的桌子，连那上面也杂乱无章地摆满了报纸和杂志、笔记和活页夹之类的东西。

“这是？”

鸣慢慢地走向墙边，将脸凑近其中一份剪报。

“‘中学生男子在学校中离奇死亡。是文化祭准备中的意外事故吗？’……这是发生在夜见北的案件？一九八五年十月……十三年前的？这里都是很老的报道哎。”

鸣又把视线转向另一份剪报，

“这张是一九七九年十二月的。‘圣诞夜的悲剧。民居半处烧毁，导致一人死亡。’……火灾原因是圣诞蛋糕的蜡烛？——死去的一人貌似是夜见北的学生。一九七九年的话莫非是千曳老师担任班主任的那年。”

“千曳老师是？”

“他现在在我们学校当图书管理员，当时是教社会科的老师。你没有听说过他的名字吗？”

“——我不记得了。”

“这样啊。”

“那里还有一九八七年那起巴士事故的报道。”

我指向贴有那份报道的位置，说道，

“其他的报道也全都与过去发生在夜见山的案件或是事故有

关。模造纸上面写的是按照年份整理的表格。这里能收集到的情报很有限，所以我觉得也不是很全。”

“那么照片呢？都是贤木先生拍的？”

“这些啊，嗯。那时，我曾去实地看过案件或是事故的发生现场以及周边附近的情况。”

鸣又“啊……”了一声，两手抱住自己纤细的肩膀，身体瑟瑟发抖。过了一会儿，她开始沿着墙壁行走，目光追着贴在墙壁上的一切不放。不久，情绪像是稳定了下来，深吸了一口气后，确认道：

“这全部都是贤木先生收集的吧。把与夜见北‘灾厄’有关的情报、资料都收藏在这里。”

“就是这样。”

虽然我肯定了她的说法，但是心中却没有涌上多少鲜活的真实感。或者该说是感觉麻木吗？一定是“死后失忆”的后遗症吧。

“刚才你也说过吧，我一直没从十一年前在夜见山的经历中走出来。即使如此，那之后我也不是没有想过去阻止在夜见山不断降临的‘灾厄’……该怎么说才好呢，就算已经和自己没有关系了，但我怎么也忘不了，心中非常在意，所以……”

**——我怎么也忘不了，心中非常在意……所以……**

“感觉像是被束缚住了？”

鸣的语气略显尖锐。我闭上眼说道：

“被束缚住……或许就是如此吧。”

“十一年前降临的灾厄以及那时目睹的‘死亡’束缚着你。”

**——被束缚着……确实，说不定就是这样。**

“那之后范围更加扩大了，从二十五年前开始不断在夜见北降临的全部‘灾厄’都束缚着你。”

**——啊……或许真的如此吧。**

“你一直被束缚着，不断被束缚着。”

“——或许如此吧。”

片刻过后，就在我们准备离开这间‘记录灾厄的房间’之时，见崎鸣往门边上的墙壁看了一眼，忽然停下了脚步。只见暗淡的米色墙纸上用黑色油性墨水写了如下的文字——

你是谁？

你到底是谁？

这毫无疑问是我——贤木晃也的笔迹。

## 4.

“三个月前，出问题的五月三日晚上，贤木先生死的时候——”

走下楼梯的途中，鸣说道，

“可以确定当时月穗小姐也在这里吧。”

“这个嘛……嗯。从月穗姐和自己的对话来看……现在依然时不时会有类似激烈争吵的声音回荡在耳际。记得那个晚上……”

“月穗小姐那天为什么会来拜访贤木先生呢？”

对鸣提出的问题，我把自己的想法如实地告诉了她：

“因为那天是我的生日……所以她就把想也一起带来了，可能还带着礼物之类的吧。因此那时，想也一起……”

……我想起了映照在镜子中他的身影。

还有“晃也”，那孩子像是轻声叫喊的呼唤声。以及惊恐万分……茫然地睁大双眼的脸庞。

“他们两人造访这里、进入屋子的时候，你人在哪里？当时又发生了什么事？”

鸣以半像是自问的口气说完，观察着我的反应，

“果然还是什么都想不起来吗？”

“……”

我默不作声，既不点头，也不摇头。

（……你要做什么）

（你要做什么——晃也）

（……快停下！）

（……不要管我）

（怎么能这么说呢……不行！）

（……不要管我）

（我……已经……）

我有意识地取出那晚和月穗之间对话的记忆，想要弄明白究竟是什么意思。

重新冷静下来思考的话，答案只有一个。也就是……啊，不对。

这终究只不过是我的想象和推测。完全没有“终于想起来啦”后应有的反应和真实感。

“除了之前提到的日记，你还有其他找不到的东西吗？”

一下到“外厅”，见崎鸣便问道。

“我不清楚。”

“比如，相机之类的。”

她目不转睛看着我答不上来的样子，又说道，

“二楼那间‘兴趣房’里的几台相机，每个看起来感觉都像是古董收藏品 。”

“啊，确实如此。”

“去年夏天，在海岸碰见你的时候，不是带了一架单眼反光相机嘛。看上去像是你的爱机，用了很久的样子。不过我没在那个房间里看见那架相机。书斋还有其他房间里也没见着……”

老实说，我自己也不清楚。因为在这之前，我不曾留意过这种问题。

见我答不上来，仿佛像是在说“行了，我已经明白了”一

般，鸣起身横穿大厅。

“书库就在那里？”

只见她指着深处问道，

“我想稍微瞧一下……那之后再去下地下室好了。那就麻烦你再多陪我一会儿了，幽灵先生。”

## 5.

“……这里好厉害，就像学校图书馆一样，收藏了好多书呢。”

见崎鸣一边在鳞次栉比的订制书架间四处游走，一边抒发着十五岁少女才有的天真无邪的感想。

“爸爸的藏书本来就有很多。”

“难懂的书也有好多——光是待在这里就感觉好像能知晓世界上所有的秘密，这样的体验你有过吗？”

“唔。”

我紧跟在鸣身后，回答道，

“要知晓全部实在太困难了。不过……嗯，偶尔我也会这么想。”

“哦？”

鸣转过身，稍许歪着头直盯着我看。我不由得变得万分狼狈。

“啊，呃……有这种想法很奇怪吗？”

“不会啊。”

说着，鸣猛眨右眼，嘴角浮现出些许笑容来，

“我也有过这种想法啊。”

说完这些有的没的，我们离开了书库——

“走这边。”

我们先回到“外厅”，接着进入延伸至后门的走廊。途中有扇焦茶色的房门，白天不开灯的话，由于室内昏暗反而容易被看漏。

“就是这里。”

我招呼鸣过来，

“对面通往地下。”

转动陈旧的把手打开门后，映入眼帘的只是空荡荡的储藏室，不过深处却有通往地下的楼梯。

我为鸣点亮灯后，先一步走下楼梯。和往常一样，我还是拖着“生时残像”的左腿。

下了楼梯，眼前还有一扇门。穿过门之后出现一条短走廊。地板、墙壁和天花板都是涂以灰泥来加固的。实在是非常煞风景。

其中一侧墙面有并排两扇门，之间相隔有一段距离。走廊尽头乱七八糟堆满了像是古老家具的东西。

“这里看上去平时不太使用的啊。”

见崎鸣说道，

“虽然挺凉快的，但都是灰尘……”

说着鸣便从西短的口袋中取出手帕，掩住口鼻，并把帽子重新压低戴好，遮住眼睛。

之后我们按照顺序打开两扇门，检察室内情况。

首先是眼前第一间房。

“这里就像你看到的，完全就是破烂儿聚集地。”

阳光透过并排在深处墙壁和天花板附近的采光窗射入房内，因此即使没有开灯，室内依旧微亮。就如我所说的，房内都是些脏水桶啦，软管啦，盆子啦，要么就是零碎的板片，碎绳子，莫名其妙放在这里的小石子和砖瓦啦……名副其实的破烂儿散乱丢放在地板上。

鸣仅从走廊探身观察室内，并没打算迈步进入房间。

“这里也没有尸体呢。”

她确认过后，就这么让门开着，问我道，

“隔壁房间呢？”

“那边也差不多。”

我回答道，然后打开了第二扇房门。

和隔壁房间一样，多亏外光的射入，室内略显明亮。然而不同之处在于，从并排在天花板附近的采光窗上留有的痕迹可以看出，过去这个房间曾因某个目的而被使用。

窗户上方铺有窗帘滑轨。

黑色厚窗帘悬于滑轨两侧。

“暗室……”

鸣低语道，

“你在这里冲洗照片？”

“那是很久以前的事了。”

我迈步向前，回答道，

“摄影原本就是我继承自父亲的兴趣。以前他把地下的这个房间作为暗室使用，自己冲洗交卷或是洗印照片……”

“令尊过世后你也是在这里冲洗照片吗？”

鸣也进入房间内，问道。

“我只有刚搬进这里的最初一段时间来过这儿。”

我回答道，

“当时我拍黑白照片比较多，所以还会在这里显影，但不久之后就只拍彩色照片了。”

“那么你自己不洗印彩色照片的吗？”

“黑白照片和彩色照片的冲洗方式差别很大。”

“哦，原来是这样子。”

“因此在那以后，这间暗室就维持原样闲置在这里了。”

“——这样啊。”

房间的正中央有一张布满灰尘的大桌子，桌上放有一盏箱型的安全灯……还有以前各式各样用来冲洗照片的设备和工具，没有经人维护，就这么被遗弃在桌子上。我甚至觉得比起旁边的垃圾堆，这边更像废墟。

“当然，这个房间我也每个角落都到检查过了。”

我叹着气说道，

“哪里都没有尸体——哪里都没。”

“——哦。”

鸣点了点头后，在室内慢慢地转了转，最后抱起胳膊，再次抬头望向依然挂着黑窗帘的采光窗。

“唔，刚才那个房间，加上这间原本是暗室的房间……”

忽然，她松开交叉的双臂，往我这里瞥了一眼。

“这间屋子有平面图之类的东西吗？”

“我想没有吧。”

我绞尽脑汁想了下，郑重其事地回答道，

“至少我没见过那种东西。”

## 6.

离开第二间房间回到走廊后，鸣又一次探头窥看隔壁房间，不过这次进到了里面，还在破烂堆中稍许转了一会儿。过了不久出来后，只见她抱着胳膊，无言地歪着脑袋好一会儿。

这时，我大脑的一隅也开始感到有些难以释怀的违和感。然而，过了一会儿，鸣却说：“我们走吧。”掉头走回楼梯处。

“继续待在这里也于事无补。”

虽然听见了鸣的自言自语，但我并没有询问话中的意味——

当我们再次回到“外厅”，时间已经过了下午五点，马上就要夕阳西下了。

## 7.

今天也差不多该回去了——虽然见崎鸣如此说着，但我试着挽留了她一会儿。

“那个，或许有些唐突，我有件事想问下你。”

我们再一次回到“外厅”，站在大厅的时钟旁边，此刻指针依旧停在六点六分上面。我看着她，问道：

“你谈过恋爱吗？”

“哈？”

鸣像是吓了一跳，不停眨着异色的双眼。

“谈恋爱？你说谈恋爱……”

突然被人这么问，所以才如此惊慌失措吧。连我都对自己提出的问题吃了一惊……不如说是非常困惑才对。也不知道究竟自己为什么会问出这种问题。

“……到底有过没有呢。唔——”

见崎鸣开始绞尽脑汁思考起来。

“呃……那个。”

我稍许有些慌乱，还没有找到搪塞过去的办法就想到了其他问题，不假思索地脱口而出。

“你……想不想快点变成大人呢？”

“无所谓。”

鸣又眨了眨眼，沉吟片刻后，冷静地回答道，

“想也好不想也罢，只要人还活着，总有一天会变成大人的，你说呢。”

“……”

“贤木先生你呢？”

我一时被见崎反问得哑口无言。

“想不想变成大人？”

“这个么”

**——就算变成你理想中的样子，也未必是好事哦。**

“我——”

**——我想要回到还是小孩子的时候。**

“想要回到还是小孩子的时候。”

“哦。为什么呢——”

“啊，那是……”

**——因为想要回忆起来吧。**

“那么贤木先生谈过恋爱吗？”

“呃，怎么说呢……”

见崎鸣若无其事地眯缝起右眼，目不转睛地看着正慌慌张张思索着答案的我，再次询问道：

“没有吗？”

“不……有过吧。”

我依照回忆起来的内容如实回答道，

“但是……”

**我可能没有资格回答这个问题吧。**

“我有点想不起来……”

**因为完全想不起来啊。所以……**

见崎鸣依旧眯缝着右眼，感到不可思议似的又歪起了脑袋。

## 8.

“我想请教下，贤木先生你……”

数秒过后，当我想再向鸣“搭话”的时候，才注意她的视线注视的对象已不是我，而是投向放在墙边电话台上的无绳电话母机。

只见她走到电话台前，一言不发地俯视黑色的电话机，接着目光上扬，问我道，

“你是在这台电话上听到 Arai 先生留言的吗？”

“嗯，对啊。”

虽然难以揣测出她问题的深意，但我还是如此回答道。对此，她看似信服地点了点头：

“书斋里的那台子机好像已经没电了。”

“呃……真的？”

“嗯。因此那台一定不会有电话铃声响……”

应该早就死去的旧友，新居某某，为什么会有人自称是他，打电话过来呢？

关于这个谜，她应该已经有了某种想法了吧。在询问她之前，我先——

“新居这件事，我觉得是这个样子的。”

我的“心”中仍旧难以把握整体，模糊不清的部分居多。我从其中拾起一种想法，说道，

“人死后，说不定会在哪里和大家重新连系在一起，心心相连。”

“死后重新连系到一起，心心相连？”

见崎鸣和刚才同样，满脸疑惑的样子。

“会吗？”

“我曾经这么想过。”

“那是……从什么时候开始的？”

“死前，或许更早之前就……”

“……”

“然而实际上我死后却变成了像现在这样的幽灵……不过之前也说过，我觉得现在这种半吊子、不受自己控制、不安定的状态并非死后应有的‘形态’。”

“所以你才想方设法找寻自己行踪不明的尸体，对吧。”

“嗯。接着……找到尸体，贤木晃也以死者的身份被众人吊唁过后，直到那时我才能算是真真正正地死去。抵达原本应有的‘死亡’——我是如此考虑的。”

“这样啊。总觉得到这里为止，都能理解你的意思。”

说完，鸣离开电话台，和我保持一段距离，站在“外厅”中央。

此刻正值黄昏时分，屋子内越发越发昏暗，少女的身姿看上去有点和我一样，像是没有实体的“灰色幻影”一般。

“人死后，说不定会在哪里和大家重新连系在一起，心心相连。”

我又重复道。

“‘大家’是指？”

鸣问道。

“之前死去的大家。”

我回答道，

“人死后都会溶入类似全人类共通的‘无意识之海’中。于是在那里渐渐地大家重新连系到一起，心心相连。你是怎么想的呢？”

见“灰色幻影”纹丝不动，少女没有作出任何回答，我继续说道：

“虽然我三个月前就死了，但是因为变成现在这个样子，所以并没有溶入‘海’中。不过死去这件事本身是板上钉钉的，或许因此有时会发生不完全的‘连系’吧。总而言之——”

“啊！”

鸣重新望向电话台，恍然大悟道，

“arai 先生的电话就是这种不完全的‘连系’？”

“没错。”

我点了点头。虽然自己对此也是半信半疑，

“打来那通电话的新居已经是过世的人。大概就是十一年前的‘灾厄’的缘故吧。由于我的死亡，于是便与他之间产生了同为死者的‘连系’。然后……”

“他便给贤木先生你打电话了。”

“不过从信息内容来看，总觉得不像是已经死去的人留下的……算了，这也只是一种假说而已。”

“挺大胆的想法。”

说完，见崎鸣又抱起胳臂，不过我却看不清此时化成“灰色幻影”的她脸上的表情。

## 9.

“真的必须要回家了。”鸣说完便快步走向后门。我连忙追了上去，赶到屋外时，我问她道：

“明天还能再见面吗？”

虽然我意识到这和昨天的情形正好相反，但依然委婉地问道。鸣听了，停下脚步，转过身，然后就在这时，我感觉她脸上浮现出一丝微笑来。

“明天……还是在这里。”

我对自己为何会说出这种话也感到非常不可思议。还打算和她像今天一样，一起“找寻尸体”吗？还是……啊，不，随便什么理由都行。

我不打算把事情想得太复杂，一边观察她的反应一边说道：

“能来吗？”

“唔……明天啊。”

鸣一面把帽子重新压低戴好，遮住眼睛，一面说道，

“早上事情比较多……傍晚的话，我应该没问题，比如四点半左右碰面，这样如何？”

“哦，那么……”

“幽灵先生，你看怎么样？”

她有些淘气地问道，

“能在那时现身吗？有没有困难？”

“呃，这个嘛……”

就算想要在特定的时间、特定的场所现身，也未必可以称心如意——不过，至少今天不是得偿所愿了嘛。所以只要努力的话，明天我也……

“我会努力看看的。”

我回答道。只见鸣稍微睁大了右眼，嘟哝道：

“这样啊。我明白了，那么……约好了，明天四点半碰面。”

“就在刚刚的大厅里，你直接进来好了。”

“——好的。”

鸣回答完后，迈着轻盈的步子离开了。

我一面目送行走于红黑色的天空下的少女身影，一面把手放在胸口。从手心传来微弱的心脏跳动，不知为何，感觉有些乱了节奏，“砰”地跳了一下后，又忽然消失了……那是“虚无的黑暗”张开大嘴，不由分说地把我吞没了吧。

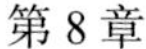

# 第 8 章

那是什么样一种感觉，快乐的还是痛苦的？

那是……哎，我可能没有资格回答这个问题吧。

为什么？

……因为想不起来啊。

……

因为完全想不起来啊。所以……

……为什么？

……

既然如此喜欢那个人，你为什么就想不起来呢？

嗯，我确实记得很喜欢过那个人，非常……喜欢。但是……

但是？

我就是想不起来啊。到底那个人是谁呢？

## 1.

于是，到了翌日，八月二日。

依照昨天的约定，我成功现身于“湖畔之家”。

就和所说的一样，地点就在一楼的“外厅”中。至于时间，直觉告诉我应该相差无几……

虽然无法通过停走的大厅时钟来确认时间，但侧耳倾听的话，可以听见从二楼传来“咕”地一声。那是书斋猫头鹰时钟发出来的报时声——四点半，大概没错吧。

然而见崎鸣却还没有来。

和五月十七日下午我死后第一次“苏醒”那时一样，此刻我就站在大厅的镜子前。临死之际，我从这面镜子中目睹自己逐渐迈向死亡的身姿。

不过……

与之前的情况相同，如今镜中还是没有映照出我的身影。然而除了我之外的东西都如实地呈现在镜子里。

虽然已经完全习惯这种状态了，然而每当我认识到这点时，心中越发对能看到自己的少女——见崎鸣的存在感到不可思议。我在她那能看见“死之色”的绿色瞳仁中，究竟是何种模样呢？

我就这么站在镜子前，等待着鸣的到来。

然而过了许久都不见她的身影。

我又等了她好一会儿。

寂静的大厅中，传来猫头鹰时钟的报时声，连续“咕”了五声——看来已经是下午五点了。

怎么回事？

是不是白天的事情有所拖延，所以才迟到的吗？

一直傻呆在这里也无济于事，我想着，于是便打算离开镜子前。不知为何，就在这时——

五月三日那晚，我死于这里的光景忽然出现在眼前的镜子中。仿佛是按照某人的意志而再现出的影像。

## 2.

我——贤木晃也倒在“外厅”漆黑坚硬的地板上。身着白色长袖衬衣和黑色长裤，总感觉穿得有点像初高中生。身子仰躺，伸展开的手脚弯折成扭曲的角度。就算想动也完全动不了。

脸庞转向侧面，鲜血从头部不知位于哪里的割伤处喷溅出来，染红了脸颊和额头，在地板上慢慢地形成一摊血渍……

不一会儿工夫……

因变形而扭曲的僵硬脸部逐渐舒缓开来，宛如得到解放，变得自由一般，表情从痛苦、恐惧、不安不可思议地变得安详恬静。

接着，我的嘴唇动了一下。

微微地颤动了一下。

从镜中传出人的说话声：“tsu”“ki”，以及告知如今已是八点半的厚重钟声。

并且像是要与这些声音重叠一般，可以听见一阵微弱的呼喊声：“啊！”

那是想的声音，他正叫着我的名字：

“晃也叔叔……”

是想的声音——镜子一角映照出的正是那孩子的身影以及万分惊讶的脸庞。

“晃也叔叔？”

从呼唤声流露出极度恐惧之情。

“晃也叔叔！”

那孩子茫然地注视着我。

“晃也……叔叔。”

我不由自主地回身望向通往二楼的阶梯，梯口附近，也就是镜中的想身处的位置……不过当然，现在那里一个人都没有，也不可能会有。

我的视线回到镜子上，然而影像已经消失——

忽然，某种近似恐惧的预感开始膨胀起来。我慌忙远离镜子，退到大厅中央。而这次——

突然从上方传来激烈的物体碰撞声。

我抬头望去，二楼走廊的扶手已被折断，有人头朝下从断裂处摔落下来。

……那是我，我的身影。

三个月前的那一晚。这一幕比刚刚镜中再现的场面，时间还要更早一些。

我忍受不了掉落于镜前自己的身体，便把视线移开。接着再次把抬头望去，折断的扶手对面可见有人影晃动。那是——

那是月穗吗？

只见她两手撑在地板上，整个人探身向外，凝视着楼下。就在这时——

“嗞……”传来微弱的声音。接着她张大了嘴巴，可是却喊不出话来，尽是如鲠在喉的呜咽声。可以看出她脸色发青，混乱使双眼也失去了焦点。

“月穗姐……”

这……这与先前镜中所见一样，都是幻象吧……映照在那里的是由我的记忆碎片汇集至一起，重新组织构成的那一晚的奇幻光景。

——即使明白这点，我还是忍不住呼唤她，身体不由自主地行动起来，赶往月穗所在的二楼走廊。

就在冲上楼梯的途中，我感觉到时间又再次倒流了。

“……你要做什么？”

从二楼走廊的楼梯口传来月穗的声音。这声音迄今为止，我曾回想起好多次，但却无法理解其中的意思。然后，无论怎样想象或是推测也无法伴随真实感受回想起来的光景，如今就在那里……

“你要做什么……晃也？”

我爬上楼梯，在走廊上奔跑了一会儿后，发现前方有两个人影。

其中一人是月穗。

还有一个就是我——贤木晃也。

两人从走廊深处向这边移动。月穗一边追着脚步蹒跚的晃也，一边努力地劝解道：

“啊……快停下。”

说着便抓住晃也的手腕，但是晃也却甩开了她的手，并一把推开了她。

“……别再管我了。”

“你、你说什么呢。”

“我的事不用你来操心。”

晃也粗鲁地回答道。和脚步一样，说话的声音有些奇怪。

“我已经……”

我想死——晃也，也就是我是想这么说，因此才会说“别再管我了。”“我的事不用你来操心。”

“你说什么呢……”

月穗再次抓住他的手腕，但晃也再一次挣脱了。

“我已经厌倦了。”

“怎么能这么说呢……不行！”

当两人来到环绕挑高大厅的走廊时，互相之间的推搡变得更加激烈。

晃也的脚步更加踉跄，但还是固执地甩开月穗的手。即使如此，月穗仍不停追上并缠住他，拼命地想要阻止晃也前进的步伐。两者之间力量的平衡渐渐酝酿出了危险的狂乱。

“别再管我了。”

晃也又一次想要甩开月穗缠上来的手，

“我已经……”

“不行！”

月穗短促地叫喊了一声并拼命抵抗着。

这时，晃也没有充分控制好自己身体的动作和力量，最后招致了他的毁灭。虽然他扭动身体挣脱开了月穗的手，但是由于用力过大，脚下没站稳，后背倒在面向挑高大厅走廊的扶手上。

不幸的是，或许是由于老化的缘故，原本就易坏的扶手在这股冲击下拦腰折断。连重整姿势的空隙都没有，晃也就头朝下跌落至楼下。

……

这就是……

这就是我——贤木晃也死亡的真相吗——原来是这个样子吗。

就在这时，幻象消失了。

我慢吞吞地前行于走廊上，检查扶手的状态。那里已经经过修理，装上了新的木板，回到了现在的状态。越过扶手俯视楼下，哪里都没有跌落至地的晃也身体……

“晃也。”

这时又传来月穗的声音。

只见她站在延伸至走廊尽头的一扇房门前（那大概是我的卧室吧……），忧心忡忡地呼唤道：

“晃也，你在里面吗？”

啊，这……当然不是方才的后续，而是比之前发生的事情更早的……

时光又再次倒流了。

月穗带着想来到这间宅邸，为了找寻晃也上到二楼……判断他就在卧室中。现在这一幕恐怕就是那不久之后的情景吧。

“晃也？”

月穗再次呼唤道，见没人回应，便打开房门。

一看见室内的情况，她立刻发出响彻屋内的惊吓声。

“哎——什么？发生什么事了？”

为了追上突然闯入房内的月穗幻影，我在走廊上飞奔起来。小心翼翼地从敞开的房门窥视里面的情况，只见——

从天花板的横梁上垂下一根白色的绳子。

绳子的下端做了个恰好套得住一个人头的圆环……看上去就像是给人上吊自杀用的。

另外，绳子的正下方有一把椅子。我——贤木晃也正站在上面。两手握住绳子的圆环，正要把自己的头放进去……

“晃也，快住手！”

月穗叫嚷道，并跑向自己弟弟身边，

“快停手。你在做什么呢！好了，快点下来……”

房间内弥漫着浓郁的酒味。放眼望去，床头柜上放有一个酒瓶和一只玻璃杯，旁边还有个的塑料药瓶，几片药片从中洒落出来。

酒瓶中装的是威士忌。药应该是我那时常用的安眠药吧。把它们混合在一起后喝下去就会进入神志不清的状态，我——贤木晃也在那晚打算就这么自我了断吧。

幸或是不幸，正巧月穗及时赶到，虽然暂时阻止了弟弟的行动，但之后……

“……啊，不行！”

月穗回身转向门口，说道，

“想，你不可以进来。乖乖地到楼下去，好吗？”

听了她这番话，我也看向房门口，可想早已不在那儿。

他追着她母亲也来到这里了吗？不过还好他听从月穗的嘱咐，独自一人折返回到一楼的大厅。然后……

我再次把视线移回室内，发现所有的痕迹已经消失无踪。

不管是月穗还是晃也，绳子和椅子，包括床头柜上的酒瓶、酒杯还有塑料药瓶，甚至连房间内弥漫的酒味都……

从窗帘缝隙间射入的外光极其微弱。从房间各处徐徐涌溢出的冰冷黑暗，逐渐把呆立着的我包裹起来。

## 3.

到了下午六点，见崎鸣依旧没有出现。不久后，日暮西下，屋外天色逐渐转暗……

我独自一人与弥漫于周围的黑暗融为一体，沉浸在自己的思绪中。

如果只有我死了……我生前经常会作如此设想。甚至还和月穗以及想提过。

**——只死我一个，无所谓。**

——如果只有我死了……

比如，我开车基本上不载人。就如昨天见崎鸣所指摘的，车子会让我想起十一年前遭遇的巴士事故。那真是一场惨绝人寰的事故。

**——那真是一场惨绝人寰的事故。**

我怎么也忘不掉那时候悲惨的场景……

**——忘不掉。**

不管我驾车时有多小心谨慎，遭遇事故的可能性也绝不会是零，有人死于交通事故的风险也不会是零。因此——

我很不喜欢有人坐我的车。如果遭遇交通意外，那人因此而死的话……光是想象，我就感到恐惧，非常害怕。

尽管一直走不出十一年前车祸的阴影，但我还是自己买了车，甚至会和普通人一样开车兜风。现在想来，那是因为我的心中一直抱持着“如果只有我死了……”的想法吧。

只死我一个的话，无所谓。

不只是乘坐汽车，电车也好，飞机也罢，只要是坐在交通工具上我都会如此。经常会过度揣摩是不是会遇上交通事故或是有死亡的危险。但是不管怎么样，我都不会害怕死亡。反正只死我一个无所谓——我就是这么觉得的。

因此，换言之……

我一直被“死亡”所束缚着。

虽然由于深陷过去的阴影中，对可能发生的“死亡”感到恐惧，但是相反地却又向往“死亡”——我是如此认为的。接着在长年累月中，经过几个阶段逐渐演变成具体的自杀冲动……

……爆发就在三个月前的那一天。

迎来自己二十六岁生日的那一晚，我终于打算实现这个愿望。

我准备好绳子，打算在二楼的卧室中上吊自杀。万一到了紧要关头自己害怕退缩，为了抑制这种恐惧，我还和着酒吃了药，让自己变得迷迷糊糊的。然而——

月穗正好出现在那个时候……

之后的来龙去脉就像刚才所目击到的……不对，想起来的那样。

归根结底，那只是起意外。

我由于酒和药的关系而变得神志不清，月穗在劝解开导的过程中，两人你推我搡，最终导致……

但是，月穗或许会把所有过错怪到自己身上。

她会觉得是自己让弟弟从走廊摔下去，这和亲手杀害并无分别。

是因为这样？

所以她在那之后……

……

……

……

……那之后。

我断气后，被虚无的“死后黑暗”所吞噬，记忆一片空白。在注视着映在镜中自己的身影时，忽然不知为何，感觉能依稀看见什么，听见什么。

那是……

……

……

……

（……在这里）

“在这里……”那时她这么说过。

（至少……在这里）

至少在这里……

（……在这间屋子里）

在这间屋子里……

为了隐瞒我，贤木晃也的死亡，必须把尸体隐藏起来的，为此跑去和丈夫，比良塚修司商量的时候，她——月穗曾经如此说过。

所以，我的尸体一定……

## 4.

见崎鸣还是没有来。或许不会来了吧。我——

到头来，我还是孤零零的一个人啊。

## 5.

昨天和见崎鸣一起“鬼屋探险”时察觉到的那份让人坐立不安的违和感，那是……没错，那是在最后为了调查而进入地下室的时候。

那份违和感到底是什么？

我重新扪心自问，感觉稍稍抓住了点真相。越是接近，对自己为何之前都没有注意到这点而感到诧异，那就是……

走廊尽头的那面墙壁……

那面灰色的墙壁前杂乱无章地堆满了像是古老家具的东西。——从以前开始那里就一直是那个样子的吗？

我试着搜索了一下记忆，但依旧无法确定答案为何。

“死后失忆”把那部分记忆一并给吞没了吗？不对，话说我生前不怎么经常下到那间地下室……所以，或许原本掌握的记忆就是模棱两可的吧。

我感到手足无措，最终决定先到外面看看，不过这也是有理由的。

昨天鸣给我看的那幅画是她画于去年夏天，这间宅邸的素描……

——看了这幅画，不觉得有哪里奇怪吗？

她曾如此问过我。

——请你把现在从这里看见的建筑样子，和这幅画上的试着做下比较。因为不是照片，我也无法保证画得分毫不差，不过……

我想起了她说过的话。

当时她曾继续如此问道：

——下面那些窗户是地下室采光用的？

## 6.

我独自一人站在宅邸东侧的庭院内，和昨天相同的树荫下。

已经不知道现在是几点了。太阳马上就要下山，夜晚即将到来，见崎鸣果然不来了吗……一阵略带潮气的强风吹过。

从建筑物的阴影处看不见的月亮如今似乎已经悬于夜空之中。屋顶上空隐约有亮光洒下，飘荡的云朵缝隙间可见星星灿烂夺目的光芒。

我注视着和昨天别无二致的宅邸。

应该值得注意的是……没错，一楼贴近地面的那排窗户。它们是为了地下室采光用而安装的。

见崎鸣想要指出的问题是那些窗户的数量吧。

去年的素描和今年的样子相比，数量不同。虽然由于野草茂盛的关系，很多地方难以分辨，但是仔细对比的话，比起去年，今年的窗户数量是不是有所减少？那时她所抱持的会不会就是这个疑问呢？

事到如今，我刻意地重新观察……到底问题在哪里呢？

我发现，贴近地面并排的小窗中，左手边的那几扇大概就是从楼梯下到地下室、眼前第一间垃圾堆放场的采光窗吧。

因此，右侧并排的那几扇应该属于以前用于冲洗照片的暗室……

那么，再右边的呢？

靠着朦胧的月光和星光，我凝神望去。

再右边……也就宅邸的最右端。可以看见有个白色的物体被掩埋于肆意生长的杂草中。

那是先前见过的天使雕像。鸣曾经说过，去年应该没有这种东西才对。

因为它紧挨着宅邸，导致我看不清对面的样子。这或许就是为了达到这种效果所布置的“障眼法”。

只有靠近去确认一下了。

天使像的对面——宅邸一楼贴近地面的部分，一扇窗都没看见。那里只有一面平淡无奇、以灰泥涂抹的墙壁。不过……

见崎鸣去年的素描里没有这个天使像，宅邸的这一部分也画有窗户，一定是这样没错。所以也就是说——

本来这里是有采光窗的。

窗户的对面理所应当有个房间。

也就是建造于屋子地下的第三个房间。

昨天下到地下室时我感觉到违和感，原因就在于走廊尽头那面墙壁的样子……虽然我的记忆暧昧不清，以至于自己恨得牙痒痒，但是或许那里原本就有“第三个房间”的入口。而如今不知是否是为了转移视线，有人把古老家具之类的东西堆积在墙壁前，导致入口消失了。

这么说来……

月穗曾经说过“至少在这里……”“在这间屋子里……”。

照此看来我的尸体应该就被藏在这栋宅邸地下的“第三个房间”内才对。藏起来之后，他们再把房门给堵住，涂上灰泥。面向庭院的采光窗也如法炮制……

站在庭院中，窗户数量减少是一目了然的事情。而天使像的作用就是为了不让人发现这点——我这样思考应该没错吧。

随着风势的加大，周围森林像是要与之交相呼应一般，草木间沙沙作响之声越发剧烈。夜晚突然开始显露出妖异危险的一面来。不绝于耳的虫鸣声忽然停止，取而代之的是不知哪里传来的乌鸦啼叫。可能是流动的云彩遮住了月亮，周围突然暗了下来。

我的身体开始剧烈颤抖，但还是试着把手放在宅邸墙壁上涂有灰泥的部分。

这面墙的后面有间被封印的房间，那里埋藏有我的尸体。啊，所以……

……

……

……

……稍过片刻，伴随着意想不到的冲击，我又被浓密的黑暗所吞没。

## 7.

……什么都看不见。

就如字面意思一样，我现在身处一片漆黑里，陷入了极度混乱的状态中。

什么都看不见——但是感觉得到。

可以感受到形形色色的东西。各式各样，有些不同寻常……啊，这里是哪里?

身陷混乱当头，我仍旧勉强对自己发问。

这里是哪里?

这片黑暗究竟是什么?

和“死后的黑暗”完全不同，异样的密度，异样的压迫感，以及伴随异样的刺激感而来的不快感。异样的……

……感觉得到有种非常讨厌的触感。

闻得到一股非常难闻的气味。

还有非常讨厌的……我才刚意识到，就忍受不了。那是先前从未体验过，非常讨厌的……

我持续深陷极度混乱之中，然而——

即使如此，我还是想方设法在这濒临崩溃的边缘处站稳脚跟，再次对自己发问道。

……这里是哪里？

## 8.

这里是……啊，我大概猜到自己如今在哪里了。

我缓缓地抽动答案的丝线。

死后变成了幽灵……开始寻找自己不知去向的尸体。最后终于知道了尸体下落。既然已经知晓地点，那我身为尸体主人，就算是没有出入口的密室，也应该能够回到它的身边去才对……

所以，理所应当，我现在身在此处。

在这被封印的“地下室第三个房间”的黑暗中。

## 9.

……有亮光。

黑暗中忽然传来一丝光亮。

那是由垂挂在天花板上的灯泡发出的。孱弱不安的灯光忽明忽暗。

我提心吊胆地环视四周。

由于亮度不足，周围的一切无法尽收眼底，不过正如我推测的，这里应该就是被封印的地下室没错。

肮脏的墙壁，肮脏的地板、天花板，还有散乱于四处的破烂。室内看上去就如同废墟一样……

……

……

……有声音传来。

嗡嗡——嗡嗡嗡嗡嗡的声音。

像是什么东西飞来飞去所发出的尖锐响声。

还听得见咔吵，咔吵吵吵……吵吵的声音。

宛如什么东西高速运动所发出的微弱响声。

飞来飞去的是……苍蝇吗？这是苍蝇的振翅声？

我循着声音望向它们高速运动的方向，只见有几个小黑影逃入黑暗中去。那是漆黑恶心的昆虫身影。

……电灯呈不安定的状态，忽明忽暗。

配合着电灯的明灭节奏，为了从如今的所见所闻中逃离，我也闭上了眼睛。

## 10.

……我又闻到一股味道。

空气中弥漫着一股非常恶心的气味。

我闻过与这类似的气味，但如此强烈，甚至令人作呕的异臭——恶臭还是第一次遇上。

我试着闭上眼睛，但感觉味道更加浓郁了好几倍。

这股令人无法忍受的恶臭，大概……也不至于那么……

## 11.

我不由自主地睁开眼睛……

只见在那里摆放有古老的巨大装置。

那大概是锅炉或是火炉之类的东西吧。

又再次传来“咔吵，咔吵吵吵……吵吵”令人讨厌的微弱声音。

黑色虫群成群结队的躲入那不知是锅炉还是火炉的阴影处。我不禁倒吸了一口凉气。

灯光依旧忽明忽暗。

我又再次闭上了眼睛。

## 12.

……好疼。

我感到全身酸疼。

幽灵应该不会受伤才对啊。“残像的肉体”上产生的痛感，这算是“幻痛”吗？

虽然不是剧痛，但是一旦注意力转到这一阵阵袭来的疼痛和犹如浸在水中的不快感上，疼痛就根本停不下来。

我睁开眼睛，打开左手，不知为何手心中竟有一粒小石子。也不知道是何时攒在手里的。那是一颗漆黑的小石子，是煤炭的碎片或是其他什么东西？

“嗡嗡——嗡嗡嗡嗡嗡”

又传来像是要把我整个人包围的尖锐振翅声。

嗡嗡——嗡嗡嗡嗡嗡

房间内果然还是有苍蝇在飞来飞去。而且不止一只，有好多只。说不定不下十几只……

感觉好恶心，吵得人好烦躁，我不由得地把左手的小石子胡乱地扔出去。而噪音并没有停下来，取而代之的是——

“啵。”

房间深处响起别的声音。

看来投出的小石子命中了放在深处的不知名物体（那是什

么啊……）。

## 13.

灯泡依旧忽明忽暗。感觉每闪烁一次，暗下来的时间会变得更长。

我用力闭上眼睛，然后再次睁开。

潜伏于房间一角的黑暗深处，可以看见类似床或是沙发的影子。被小石子砸中的就是那个吗？

我试着慢慢接近它。

既有靠背又有扶手，多半是沙发吧。只见整个沙发上笼罩着一层布……啊，有鼓起的地方，恰好可以容下一个人躺卧在沙发上。

那是……

那个横卧在沙发上的东西就是我的尸体吗？

## 14.

我再次用力眨了下眼。

这次可以看见紧邻沙发的边上放有一张小巧的方桌。随着我进一步接近那里，置于其上的两样东西映入眼帘。

其中之一是台相机。

那不正是我贤木晃也生前常用的单反相机吗？昨天见崎鸣注

意到的“凭空消失的物品”之一。

另一件也是“凭空消失的物品”之一。那就是从书斋写字台的抽屉中消失的日记本——“Memories 1998”。

竟然会在这种地方找到。

我拿起日记本，打开书页，翻到记载着三个月前的那一天——五月三日的日记附近，确认是否留有些许蛛丝马迹。

我马上就找到了。

是三月三日当天的日记。

只见那里以极为潦草的字迹记录下了如下内容：

> 虽然为时已晚，但是这样就能和大家连系到一起了吧。
>
> 我别无他求了。

# 15.

我站在罩着一层布的沙发前。

与先前毫无二致，惹人心烦的噪声，令人作呕的气味，遍布全身的酸疼，阵阵袭来的疼痛，宛如浸在水中一般。我感到有些恶心，呼吸不畅，甚至有些头晕目眩……不管是身体的震动还是心理上的颤动都停不下来。

不过……

我的眼睛配合着电灯忽明忽暗的节奏一睁一闭，开始自言自语道：

“……就在这里。”

我找了许久的自己的尸体，就在这层布的下面。

## 16.

我把颤抖着的手伸向盖在沙发上的布。

布料上随处可见浸染了血或是其他什么变得乌黑的东西。啊，我肯定没有搞错，这下面就是我的……

我用抖个不停的手指抓住布料的一端，下定决心打算一口气掀开。然而，由于力量不足——

“哗啦”一声，盖在沙发上的布滑落了下来。

“巴唧——”随之响起令人不是很愉快的声音。

顿时，刺鼻的异味袭来，我不由自主放开手中的布料，掩住口鼻，接着映入眼帘的是……

尸体。

我的尸体。

已经变得面目全非，我那失去生命的空壳。

## 17.

虽然还保有人类的形态，但已经不能称之为、甚至不想把它称作为人类，只是一团丑陋恶心的物体而已。

腐烂的肌肤。

腐烂的肌肉。

腐烂的内脏。

前襟由于衬衣的纽扣被扯下而敞开着，内衣到处都是洞，满目疮痍，像是被虫子啃食过一般……不是“好像”，根本就是被虫子或其他什么东西撕咬得面目全非，仿佛有东西正从内衣下面渗出来、满溢出来似的——

腐烂的肌肤。

腐烂的肌肉。

腐烂的内脏。

只见完全不成形的这些东西包裹住裸露在外的骨头上。

弥漫于房间中的异味果然是尸体发出的腐臭啊。虽然知道尸体会腐烂发臭，但我以为人类和鸟啊，鱼啦之类的不一样，人类的尸体达到腐烂的程度会花上更长的时间。这具成年人的尸体顶多被放在这里才三个月，想不到会变成这个样子……

脸部也和其他地方一样。

只有头骨裸露在外，额头、鼻子以及嘴唇上的肉都所剩无几。眼球已经根本不存在于这个世界上，剩下的只有一对红黑色的眼窝……而其中像是有什么东西在动。

我“咕”地发出一声呻吟声。

是蛆虫。

好几只蛆虫从眼窝里……不对。

不仅是眼窝，甚至连鼻子、嘴巴、仅存的脸颊的肉中都有蛆虫钻出来。

灯光忽明忽暗。

嗡嗡——嗡嗡嗡嗡——

苍蝇尖锐的振翅声响彻整个房间。

嗡嗡——嗡嗡嗡嗡——

灯光剧烈地一闪一灭起来。

“呜哇！”

我胡乱摇着头，发出惊叫声。一面胡乱挥动着双手，一面想要离开这里。然而——

“吱——”我被什么东西绊了一跤。

像是踩碎了正前方的什么东西，恐怕是在地板上四处乱爬的虫子之类的。拜被自己碾碎的尸体和体液所赐，我因此还滑了一跤。

偏偏我的身体还向前倾倒。没法站稳脚跟，于是我便扭动着身子，朝着横躺在沙发上的尸体倒去。

腐烂的肌肤。

腐烂的肌肉。

腐烂的内脏。

已经完全走样的尸体近在咫尺。骇人的恶臭让我透不过气来。

千钧一发之际，我用手一撑，最后支撑在尸体的侧腹附近。接着手上便传来令人讨厌的触感。满是洞窟的内衣被我这么一扯瞬间裂开，啃食腐肉的蛆虫和其他虫子倾巢而出……爬上我的手臂、手腕和肩膀。

“呜哇哇哇！”

我尖叫着，一个劲地抖动全身，想要甩开贴到身上的腐肉、萦绕在我周围的腐臭以及恶心蠕动着的虫子。

“……好恶心。”

我一个劲地叫了一阵子后，精疲力竭地开始自言自语道：

“……不对。这样子……怎么会变成这样子？”

灯光慢慢地开始一闪一闪。

接着悄无声息地维持在熄灭状态。灯丝烧断了。

“好难受……”

再次造访完全的黑暗中，我又一次胡乱地挥动双手，摇起头来。

“好难受。不对，怎么会变成这样子……”

我以嘶哑难听的声音竭尽全力地喊道，接着又再次嚷道：

“——谁来救救我！”

## 18.

虽然不清楚想要向谁求助，希望他做些什么，怎么帮忙，但我仍然不间断地叫嚷着“谁来救救我！”“谁来救救我！”持续了好一段时间。

喊累了后，我精疲力竭地倒在地板上，双手抱住膝盖，侧着蜷起身体。一边忍耐着呼吸不畅和恶心反胃，一边喘着气自言自语道：

“好难受……”

“怎么会变成这样子……怎么会变成这样子……”

就连已经死去的自己都不知尸体的去向，不知道尸体被藏在哪里。

我一直认为只要能找到它。

亲眼看到，用手触碰到它……以此来确认并认同自己的死亡。另外，条件允许的话，如果能让大家都知道我的死讯，并经过好好的吊唁的话——

到那时我一定能从如今这种不安定、不受自己控制的状态中解放出来。“死亡”变成其本来应有的“形态”，于是我就能和“大家”连系到一起了……

但是……

这或许全部都是我愚蠢的幻想，可能在某些根本的地方就错了。

我会困在这片黑暗中，一直待在这具毛骨悚然的尸体旁吗？

即使最后尸体完全腐朽化为白骨，之后连骨头都风化消散，我还是保持原样，一直待在这里……不会上天堂下地狱；也不会回归于“虚无”；更不可能溶于“无意识之海”中，与“大家”连系至一起，我一定会一直这样，永远……

……感觉自己都快精神错乱了。

不对，或许我早就已经疯了也说不定。一直蜷身于黑暗中，接二连三产生的不同妄想又依次消失。

这里——或许这里就是地狱。嗯，没错，就是这样子。

三个月前的那晚，我在日记本上写下那段刚发现的“遗书”后，打算自我了断。结果在和月穗推搡的过程中不幸摔死。不过话说回来，“自杀”这个事实却没有任何改变。

自杀是大罪。比如基督教义里就这样说过。

自杀的人死后会堕入地狱。

我也因此坠入了地狱，就在这里。

（……忘掉吧。）

忽然心中某处有声音传来，我混乱得早已头痛欲裂，变得不明所以，对此束手无策……

（把今晚发生的……所有事情）

这是……谁在说话？

（……都忘掉吧。）

这是……对谁说的？

这是……

“……我已经，受够了。”

无意识中，我发出虚弱的呢喃声，

“好难受。已经……救救我。”

眼看就要昏过去，我以孱弱的声线抽泣道：

“谁来……救救我。”

咚！

忽然这时，一道沉重的声音震颤了整片黑暗。

## 19.

咚！

接连不断传来的响声让我不由得塞住自己的耳朵。

这里是地狱……刚才的妄想依旧栩栩如生地遗留了下来。

某种不知名的可怕东西正在接近中。要么是栖息于地狱中的可怕邪恶的怪物，为了带给我更多的痛苦而……

咚……咣！

声音大概是从背后传来的。

虽然被关在黑暗中什么都看不见，但我依旧能感觉到这大概是从背后这堵墙后传来的声音。

咚！

我支起蜷缩的身子，双手双脚着地，调整身体，面向有声音传来的方位。接着保持姿势不变稍微向后退去，但由于力气不够，结果一屁股坐在地上，双手抱住了膝盖。

咚……咣咣！

听上去像是有人在外面敲击墙壁的声音。是来自地狱的怪物？还是……难道说？

咚！

难道说……还没等我心中的话说完又传来“咚”的声音。

仿佛要和这格外强烈的声响重叠一般，“啪”，又传来新的声音。这是什么？感觉像是木材断裂……

啪！

接连不断响起同样的声音。然后……

有一道光照了进来。

## 20.

仍然有声音断断续续地响起，射入的光线数量相应地也逐渐增多。

从一道变成两道、三道、四道……最终扩展汇聚成一束光。

正有人从外面不断破坏着这堵墙。

不久后，在扩散开的白光中，来人的轮廓清晰可见。

她有着人类的形体，并非怪物。而且那小个子少女的身姿看上去像是我认识的人。那是——

那是……鸣？见崎，鸣？

只见她踉踉跄跄地挥舞着手中所拿的工具，反复举起，挥下，举起，挥下。

咚！

这是敲打墙壁的声音。

啪！

那是木材碎裂的声音。

灰泥和木板的碎片四散一地。墙壁上挖出的洞口周围一股脑地崩塌下来，射入的光线越来越亮……

“呼……”

毫无疑问这是她——见崎鸣的喘气声。只听她“哈啊哈啊、哈啊”得喘个不停，呼吸非常紊乱。持续了一会儿后，又恢复平静。

“你在吧？”

少女呼唤道。

除了外面走廊中荧光灯的白色光亮，还有手电筒的灯光射入。

“幽灵先生，你在那里吧？”

“哐啷啷——”传来一道沉重坚硬的响声。像是用来破坏墙壁的工具被扔到了一边发出的声音。

墙壁上开了个容得下一人通过的大洞，见崎鸣从中走了进来。然而途中却突然停下脚步，“唔唔”地呻吟道：

“这气味好难闻，啊啊……”

对准我的手电筒准确地捕捉到我那坐在地上、纹丝不动的身姿——

“找到了。”

见崎鸣说道。由于逆光，我无法看清她脸上的表情。

“果然在这里。因为我听到你的呼救声了。”

“呼救声……”

对我的反应，鸣“嗯。”了一声，点了点头，说道，

“从这堵墙的对面传来‘救救我’的声音。所以我就……”

说完鸣便不紧不慢地用手电筒开始巡视室内黑暗的地方，过了一会儿，忽然吓了一跳，停下手中的动作。

“……好惨。”

应该是发现沙发上的尸体了吧。

“那是……”

“我的……”

我回答的声音有些颤动。

“那是我的……”

“快出来吧。”

不等我做出任何回答，她便把手电筒对准我，说道，

“不想出来的话，我就把你丢在这里不管了。或者我再把墙壁堵上？反正即使这样，幽灵也能进出自如，对吧？”

“呃，这个嘛……”

没错，确实理应如此，但是……

于是，见崎鸣再次把手电筒投向里面的沙发。灯光照在死状凄惨的尸体上，她却以不带丝毫感情的口吻说道：

“那就是‘死亡’——”

我没有看向尸体，而是望向她。只见她以空出来的右手遮住右眼，继续说道：

“我能看见‘死之色’。虽然不用特意去‘看’就是了。这尸体实在是太惨了……好了，总之我们先从这里出去吧，尸体也不会长脚逃跑。”

“来吧。”说着，少女向我伸出右手，

“好啦，快点。”

我在不知道如何理解现状的情况下，慢悠悠地站了起来。

鸣用她稍许沾有手汗的冰冷右手，拉起了我的左手。

## 21.

鸣拉着我的手走到外面。

地下室走廊尽头的那面墙如今被破开了一个大洞。

室外的地板上扔有一把鹤嘴锄。这是——

大概就是放在车库中的那一把了。方才，她就是用这个把那堵墙给……

“受伤了吗？”

鸣问道，

“看上去还能动嘛。”

“——嗯。”

“那么我们上去吧。”

她催促我道，

“这里……不是很妙。”

说着，走向楼梯的途中，见崎鸣又再次回头看了一眼墙壁上的洞穴，说道：

“这种季节，把尸体放在那里三个月，变成那副样子也是理所当然的。经过腐烂，被虫啃食，只是变成现在这样，可能还算好的了。话说，你想象过尸体会变成什么样吗？”

我默不作声，只是低着头。仿佛已经失去了靠自己意志行动的力气。

鸣就这么拉着我的手，登上楼梯。途中，她以轻描淡写地口吻说道：

“这间屋子的二楼断电了，好像是电闸落下来了。”

二楼……没电？

“因此，书斋里的那台电话子机也没法充电……文字处理机的情况也一样。”

书斋的……文字处理机？

“即使有人按下电源开关，开不了机也是理所应当的事。——你说对吧？”

回到一楼的走廊后，见崎鸣继续迈步走向“外厅”。在墙壁支架上仅有的几盏灯的照射下，大厅内光线昏暗。屋外刮起的猛烈风声传入室内。

走到大厅的中央时，见崎鸣又“呼”地叹了口气，自言自语道：

“那么。”

说着，松开拉着我的手，掸了掸沾染在衣服上的灰尘，面向我说道，

“已经够了吧。”

“咦？”

“找到一直以来寻找的尸体后……你现在想起来了吗？为什么那具尸体会藏在那里？三个月前的那晚，贤木先生的死亡又有什么样的内情？”

“嗯……大致上发生了些什么，我差不多都想起来了。”

我依旧垂着脑袋，轻轻点了点头，

“那么——”

见崎鸣继续发问道，

“找到尸体后……会怎么样呢？会像你昨天所说的那样，与先前死去的‘大家’连系到一起？”

“呃，这个嘛……”

我支支吾吾地答不上来。眼睛上挑窥视少女脸上的表情。只见鸣紧咬嘴唇，平静地注视着我，接着说道：

“死之后会怎么样，不曾死过的人是不会知道的。——所以呢，贤木先生生前的这个想法，我认为都是幻想。”

“幻想……”

"死亡呢——"

见崎鸣轻描淡写地说道,

"死了,不管到哪里都是空无一物,形单影只……当然,或许这也只是我的幻想罢了。——来这里。"

我不明就里地顺着她招手的方向走去。从大厅中央走了几步后,逐渐来到镶在墙上的镜子附近。

鸣就站在我身边,慢慢地指向镜中。

"你能从那里看见什么?"

"那里是指……镜子中?"

"没错。"

"这个嘛……"

镜子中映照出见崎鸣的身姿。而旁边我,贤木晃也的身影……不在其中。当然也不应该看得见。

"只看得到你……"

我小声地回答道,

"镜子中只映照出你的样子。"

"这样啊。"

鸣夹杂着叹息回应道,接着又拍了拍沾染在衣服上的脏东西。

"但是……很不可思议哎。我能看到哦。"

"咦?"

"我能看见就站在我身边的你的模样啊。"

"那、那一定是。"

我望向她的侧脸。少女依旧直勾勾地盯着镜子看。

“那一定是你‘人偶之眼’的力量……”

“不。”

鸣略微摇了摇头，

“我觉得不是哦。”

说着不慌不忙地左手上扬，用手掌遮住自己的左眼，继续说道：

“你看，就算这样，我也看得见哦。”

“……怎么会。”

“所以和‘人偶之眼’根本没关系。只是用右眼，也能看见映照在镜子中你的模样。”

这是……为什么？

这意味着什么？她到底想说什么？

见我陷入混乱而哑口无言，见崎鸣直接看着我，继续说道：

“你还是不明白吗？你还是看不见吗？”

“我……”

“你是贤木先生的幽灵。三个月前在这里殒命。尸体就被藏在先前那间地下室中。今晚好不容易察觉到尸体的所在之处，于是为了确认便进入那个房间……但是却突然发出呼救声。嘴里不断喊着‘谁来救救我，好难受，哪里搞错了……’之类的话。”

“那、那是……”

我双手抱头，好像一不小心就会当场昏倒过去。

"所以说啊，你搞错了。"

鸣斩钉截铁地说道，

"你从一开始就搞错了。"

"但是……"

"转过来。"

被这么一说，我重新面向她。见崎鸣这次抬起右手，用手掌遮住右眼，目不转睛地看着我。

"在你身上，我看不见'死之色'。"

见崎鸣再次直截了当地说道，

"从我第一次遇见你开始就从没看见过。因此……"

"怎么会这样……"

我无精打采地呻吟道。然后见崎鸣放下遮住右眼的右手，双眼同时瞪视着我……过了片刻，又干脆利落地说道：

"所以呢，你根本就没有死，依然活在这个世上。请先好好记住这点吧！"

## 22.

这怎么可能……即使如此，我也不由得发出如此惊叹。

我——贤木晃也死了。

今晚我终于想起发生于三个月前——五月三日那天所有事情的来龙去脉……我死了，之后变成了幽灵，直到现在还是……

“这……你骗人。”

“我可没有骗你。”

“胡说。我已经死了。你刚才也看到了啊，尸体都被找到了。”

我不明所以地反驳道，

“我就是贤木晃也的幽灵……镜子里也照不出我，除了你以外的人都看不见我，还神出鬼没。”

“但是，你还活着。”

鸣目不转睛地盯着我，重复道，

“你还好好地活在这个世界上。”

“你并不是幽灵。本来我就不认为这个世界上存在幽灵。至少我还从未见过。”

她到底在说什么啊。完全理解不了，意味不明。难道说……这对话本身也是我自己的幻觉或是妄想？实际上我还身处地下室的黑暗当中。见崎鸣根本没有出现。产生幻觉……

“怎么会这样……”

我的声音越发颤动了。

“怎么会……我到底。你到底是……”

“你也该清醒过来了吧。”

见崎鸣说完便伸出双手，搭在我的肩膀上。

“真是可怜啊。”

……可怜？

“你、你说什么呢……”

“还只是个孩子，却像这样踮着脚，竭尽全力地要装出个大人样。”

……还，只是个孩子？

“你到底在说什么……”

“你不是贤木晃也！”

……不是贤木晃也？

“请你适可而止一些。”

“你既不是贤木晃也，更不是他的幽灵……你是。”

……我是。

“不要再胡说了……”

“你是小想。”

……小，想？

“我是想？”

“你是比良塚想。今年春天刚刚升上六年级。还只有十一、二岁……然而，由于三个月前亲眼目睹了贤木先生的死，就变成现在这样……开始认定自己就是贤木先生的幽灵。”

……认定？

“怎么可能……”

“至于为什么会发生这种事，我也只是擅自想象了一下。”

……我是比良塚，想？

“怎么会……”

这怎么可能……我还是如此认为。

有好几次在比良塚家中现身或是出现于见崎家的别墅的时候……想就是想，他不是好端端地就在那里吗？不是还和月穗和鸣她们说过话吗？我明明亲眼看到，亲耳听见了啊。但是……？

“话说回来，你曾说过通过大厅中的那面镜子，看见自己逐渐死去的模样吧。那是想从那里——”

见崎鸣指向楼梯口附近，说道，

“那是小想站在那里，从镜中看到的情景。自从觉得自己就是贤木晃也的幽灵后，你就把这重新牵强附会成‘贤木先生在自己临死之际看到的光景。’感觉上就像是举一反三，以一知万。”

“……”

“还有关于你‘变成’贤木晃也时的记忆也存在问题。”

“……”

“因为你不是贤木晃也本人，所以就算撇开自身由于受到打击而失忆不谈，你有很多事情想不起来也是理所应当的。其中，在你还是‘贤木晃也幽灵’时回忆起的往事，要么是你从贤木先生口中听到的内容，要么是你和他一起耳闻目睹的。”

**——因为是很严重的事故啊。**

这并不是我说过的话？

**——只死我一个的话，无所谓。**

而是我听过的话？

**——被束缚着……确实，说不定就是这样。**

“比如说去年，我和贤木先生见过好几次面，还聊过两句……每次你都在场。你把当时听见的我和贤木先生之间的交谈当作是贤木先生的记忆，而并非是你的回忆起来。读了遗留在书斋中的日记后，想必你也记起不少事吧……”

……

……

即使如此……

我还是无法相信。

鸣说的那些话我无论如何都接受不了。

我是贤木晃也的幽灵，偶尔会在和生前有所关联的地方出现，然后消失……对了，因为是幽灵，所以能自由出入这间宅邸中上了锁的房间，今晚也是，只身进入了那间被封印的地下室中……

“就像我刚刚所说的，由于二楼没有电的缘故，不管谁用什么办法，都起动不了那台文字处理机。并非因为你是幽灵才做不到。”

见崎鸣轻描淡写地继续说道，

“至于能自由进出二楼上锁的房间，也只是你自己深信不疑罢了。因为你知道钥匙的保管地点。不是你变成幽灵就能穿墙过门了，事实上仅仅是用钥匙开门进出。只不过为了能让自己的幽灵身份更加顺理成章，你不愿意承认而已。”

让自己的幽灵身份更加顺理成章？

见崎鸣零距离目不转睛地看着我，进一步说道：

“接下来要说到，最近的第一次和你相遇的那天——”

那是七月二十九日，星期三的下午。

“那时，我为了拜访先生来到这栋宅邸……但是庭院的紫玉兰树下早就停了一辆自行车。”

啊，那是……

“我不小心把自行车撞倒了。再要抬起来真是累人啊……眼罩就是在那时候弄脏的。”

“……我看见了。”

“唔?”

“我从书斋的窗户看见了这一幕。”

我记得当时没来由地就认为那是见崎鸣的自行车。不过，仔细想想的话……

“那辆自行车是小想你的吧。”

至少不可能是见崎鸣的自行车。

因为那天翌日，在见崎家的别墅，不是有人说过吗，见崎鸣不会骑自行车。

“虽然是自己骑车过来的，但那对‘变成’幽灵的你来说不合常理……因为不合常理，所以对其中的意义就不去深究，当作没看见。”

不去深究，当作没看见?

“今天晚上的事你也要谢谢那辆自行车。”

话音中掺杂了些许热情，见崎鸣说道，

“我很抱歉，比约定的时间迟到了好久，碰上了很多麻烦事……虽然不知道到底该怎么办，但还是想着总之先快点过来……该怎么说呢，心中稍微有些七上八下的。

来了之后就看到自行车停在那里。屋里灯暗着，但既然自行车在这儿，说明你肯定在里面。不管怎样，于是我便开始搜索起整个屋子来……找到地下室的时候，就听见从墙壁对面传来呼救声……”

“……”

“我也试着大声呼喊，不过你似乎没有听见？当时身在如此可怕的地方，和变成那样的尸体共处一室，你根本就顾不上其他了吧……”

“……”

“既然你在里面，我就想或许屋子外面有能进去的入口。但是时间不等人，已经没有多余的时间给我浪费了，直接破墙而入还快点。反正那里原本也是一道门，只是好像有人在上面涂了层东西用以加固……这又花了我很多工夫。我觉得比起找人帮忙，无论如何都要先救你……”

“……”

我还是无言以对——难以置信的状态持续了好一会儿。

室外风吹的间隙，依稀可以听见书房中的猫头鹰时钟响起“咕”的报时声。啊……现在已经几点了呢？

“我……”

过了片刻，我唯唯诺诺地开口说道，

“……在你的眼中，真的能看见我的模样吗？”

只见见崎鸣的嘴角扬起些许微笑。一面用左手遮住寄宿有不可思议力量的“人偶之眼”，一面回答道：

“这只眼睛可以看到哦。”

## 23.

于是我又诚惶诚恐地再次看向镜中。

方才还看不见的东西如今好端端地出现在那里。

见崎鸣的旁边——我如今站的位置上——站着一名比鸣还要矮小、脸上略显疑惑、同样看向这边的男孩子——比良塚想。

身上穿的衣服也和自我认识的完全不一样。并非白色长袖衬衣和黑色长裤……而是黄色的短袖 Polo 衫和牛仔裤。而且衣服、脸蛋、头发、手腕都被沙粒和泥土搞得脏兮兮的。眼睛充血，脸颊上还留有好几道泪痕。那是——

那就是我吗？

那就是……

我看着镜子，试着动了一下。镜中的男孩子也动了动。

我又尝试抬腿走了几步。镜中的男孩子也做了同样的动作——也没有不自然地拖着左腿。

**（……忘掉吧。）**

就在这时，忽然传来一道声音。

**（把今晚发生的……所有事情）**

镜中男孩子的身旁，若隐若现浮现出月穗的身影来。脸色发青，严肃地绷着一张脸。那是她的幻象吧。

**（……都忘了吧）**

啊……原来是这样子吗？

那晚，比良塚想由于目击到贤木晃也的死而收到打击，变得茫然若失，甚至陷入半昏迷状态。于是月穗对他如此嘱咐道。

把今晚的所见所闻全部忘得一干二净。

今晚这里什么事都没发生，你什么都没看见。——一定是类似这样的暗示。所以想才会……

"啊……"

像是要把体内所有东西都倾吐而出一般，我长叹了一口气，接着悄悄地看了一眼鸣的脸庞。她只是默默地对我点了点头，不打算再多说什么了。

再次长叹了一口气后，此刻，贤木晃也从身体中离去，只剩"我"——比良塚想留了下来。

直到今年春天还是澄清的男童女中音，由于突然开始进入变声期而变得有些奇怪沙哑。

我以这样的声音向他道别道：

"再见了……晃也先生。"

# 尾声

## 1.

“夜见的黄昏下、空洞的苍之眸”的地下展示室。在这犹如地窖一般的房间，一如往昔，黄昏浸染的微暗中——

听完见崎鸣讲述的“发生在今年夏天，另一个 Sakaki 的故事”后，我重复深呼吸了好几次。

本以为早就习惯了这间地下室的气氛，然而从故事进入尾声开始，我就开始陷入奇怪的情绪中。鸣嘴中诵出的一个个字词仿佛放大了陈列在旁的人偶们的“虚无感”，我感觉像是要被它们吸入一般……

一定是对抗意识在起作用，我故意以轻快的语调发表感想，说道：

“到头来，根本就不是真的幽灵嘛。”

总感觉说的有些太直白了……不过在听到一半的时候，我就略微猜到些真相了。

至于为什么呢——

在八月份班级合宿的那天晚上，在“咲谷纪念馆”的房间内，就在鸣告诉我“人偶之眼”的秘密时，我曾问过她是否能看见幽灵之类的东西。

当时她如此回答道：“没有——一次都没有过。”

记得就关于幽灵本身的存在问题，她曾说过：“我不是很清楚。”“正常情况下，大概不存在吧。”

鸣的“人偶之眼”能看见的，终究只是“死之色”罢了。

应该和能看见灵或是预知死亡的能力是截然不同的东西……我是如此理解的。

“总而言之，都是小孩子一个人演的独角戏吧。”

我以更露骨的方式继续说道。就如同歌舞伎以及日本舞中“模仿人偶”[①]的技艺一样，我的脑海中浮现起小孩子表演“模仿大人”“模仿幽灵”的景象来。对此，鸣“嗯”了一声，略微歪了歪脑袋，说道：

“不过我不怎么喜欢你这样的总结陈词。”

“哎？哦……”

“真相确实就只是小想对于自己幽灵身份的深信不疑。因此我也很能理解你有这种想法。但是……”

忽然鸣开始缄默不语，冷若冰霜地眯起右眼。我被她看得有点慌乱，重新调整坐姿，再次深吸了一口气，一边全神贯注地忖度着她接下来想要说什么，一边说道：

“我虽然明白这对他来说是个非常实际切实的问题。”

说着，我还一本正经地向她点了点头，

“但该怎么说呢……算是极其复杂微妙吗？要好好表述清楚还真是困难呢。实际上在小想的心中发生了些什么变化呢？”

---

① 模仿人偶：歌舞伎表演中的一种技艺。演员模仿人形净琉璃的人偶动作进行表演。

“——说的也是哦。”

鸣咬紧嘴唇，同样点了点头。

“我向本人打听过大致情况，也调查过整件事的来龙去脉，不过再深入的话就……他的这种情况不是想要条理清晰地说明白就能说得明白的。”

“是人格分裂或是凭依现象吗?”

由于比良塚想对于自己“贤木晃也幽灵”的身份坚信不疑，现身时候的行为模式也彻底从幽灵的角度感受事物，思考问题。一想到他当时的心理状况，我的脑海中自然而然的浮现出这两个词语以及概念来。然而——

“不过我感觉还是稍微有些不一样。”

刚一说出口，我马上就撤回了前言。

用那些现成的专业术语来敷衍解释真的好吗?——我忽然有了如此疑问。鸣似乎也和我有相同看法。

“把小想的那个解释为心病，归纳到专家研究分析得出的‘类型’当中，我觉得得不出任何结果。虽然有很多人想要通过这种方式去理解他。”

鸣说道，嘴唇咬得更紧了，

“刚刚榊原你说过‘极其复杂微妙’，对吧。”

“啊，嗯……”

“‘微妙’我是赞成的。但是，看上去‘复杂’，我认为其实只是几桩简单的事情聚集到一起，互相影响罢了。”

“几桩简单的事情？”

“我来罗列一下关键词吧。”

鸣慢慢地眨了下眼睛，

“孩子，大人，死亡，幽灵，悲伤……还有连系。”

“呃，这个……”

“每一个字词都很单纯。不过当它们每个独立的意思相互交织，因扭曲而变形，就会……结果在小想的心中，‘贤木晃也的幽灵’诞生了。”

“呃，你能详细解释一下吗？”

“再说下去不就庸俗了嘛，你说呢？”

不知是不是故意，鸣满脸坏笑地回答道，

“又不是语文考试题。”

我靠在扶手椅椅背上，“唔”地哼了一声。

“对吧。但是……”

鸣脸上的微笑忽然消失，说道，

“总而言之，我们先来整理一下五月三日那天，发生在‘湖畔之家’的所有事情。先把这项整理搞定了才好。”

## 2.

贤木晃也一直生活在“悲伤”中。

十一年发生的“八七年的惨剧”中，眼睁睁看着自己许多朋友死去。母亲的过世又接踵而至——

为了逃避“灾厄”，举家逃离夜见山。但由于“灾厄”已停止不了的缘故，留在镇上的班级相关人员又相继殒命。毫无疑问，即使好多年过去了，只有自己得救的负罪感化为悲伤，一直困扰着他，从未消失过……

随着时间的流逝，贤木一面恐惧着“死亡”，又一面变得向往“死亡”。

大学休学后到各处去旅行，或许在他看来，是为了探究“死亡”的真谛而做出的行动。这和饲养小动物，死后为它们在庭院中树立墓碑的意义一样。

不久后，他的想法逐渐成形。

与其一直生活在无法解脱的“悲伤”中，那还不如自己快些死去比较好。这样的话，就能从悲哀难过中解放出来，或许还能和先前死去的“大家”重新连系到一起。

因此，“已经没有遗憾了”，他已经看破生死，下定决心，于是——

贤木决定在他二十六岁生日、也就是五月三日的晚上付诸行动。在“Memories 1998”日记本上写上类似遗书的文字，准备好上吊用的绳子后，和着酒吃下药……没有想到的是，月穗带着想在这时候不期而至。

这之后，他不幸从二楼摔落死亡的前因后果，我们相信小想身为“贤木晃也的幽灵”时所回想起来的内容就行。实际上，这是想追着月穗跑到二楼、根据自身的所见所闻、以“贤木晃也”角度还原出的真相。

想把贤木当作犹如父亲兄长一般的存在仰慕者。当亲眼目睹他在自己面前临将死去，由于受到打击而变得茫然若失，甚至陷入半昏迷状态。而另一方面，月穗不管三七二十一先跑向坠落至一楼的贤木身边，发现他已经断了气。当时她所下的判断和采取的行动直接影响了之后事情的发展。

她把陷入半昏迷状态的想安置到合适的地方后，就跑去打电话。比起呼叫警察和救护车，她首先想到联络的对象是她丈夫，比良塚修司。

记忆中，那时妈妈的声音听上去感觉断断续续的——据说事后想曾如此告诉鸣。

“哎……”

月穗的声音中流露出吃惊之情，

“但是……但是，那样子……”

她在和谁讲着电话。从说话口气，想察觉到对方似乎是修司。

“啊……好，好的。我、我知道了。总之快点……嗯……拜托了。我等你。”

过了不久，比良塚修司赶了过来。拥有医生资格的他确认贤木已经死了之后，从月穗那里详细打听了整件事的前因后果……这之后的事情，想记得就不是太清了，只能推测出个大概。

该不该报警呢?

贤木晃也当晚打算自杀这点毋庸置疑，而最终让他从二楼摔落是月穗。虽说本质上是意外事故，但过失致死的责任难辞其咎——月穗很害怕这点。警方甚至会对她产生更离谱的怀疑。

而且身边有亲戚——晃也算是修司的大舅子——企图自杀，对作为当地名门世家的比良塚来说，也是一件不想让世人知晓的丑闻。而且月穗与此事有着千丝万缕的关系，就更不想公之于众了，况且秋季的选举近在眼前。商量过后，两人得出的结论就是……

“隐瞒”。

贤木晃也今晚死在这里的事**根本不存在**。眼下，他正一个人出外旅行中。因为实际上本人喜欢漂泊在外，所以剧本没有任何不自然的地方。况且志朋亲友也没多少，最终也能以“在外旅行，行踪不明”来敷衍了事。

接下来，无论如何都必须毁尸灭迹。为了不让第三者找到，不得不把尸体丢弃或者隐藏在某处。

“至少……在这里。”

那时月穗曾这么说过。这也是想意识朦朦胧胧的时候所听见的只言片语。

“……在这间屋子里。”

处理尸体的话选择有很多，像是埋在森林中，或是沉入湖底或是海底。不过只有在藏尸地点上，月穗绝不让步。

贤木生前对亡父钟爱的“湖畔之家”可谓恋恋不舍，是对其有特殊意义的屋子。月穗非常清楚这一点。因此即使是为了自己的利益而隐藏尸体，也希望至少把尸体藏在……

至少藏在这里，这间屋子里。

藏在这间屋子中的某处——

最终修司答应了她的请求。即使将来宣称贤木晃也行踪不明，被认定已经死亡，到时候继承“湖畔之家”的也是月穗。不用担心会到别人手里。或许修司就是预见到这点才下如此判断的吧。于是——

他们选择了长年不曾使用过、知者甚少的一间地下室，作为掩藏尸体的地点。

两人把尸体搬入后，决定把这个房间的存在都抹去。把门和采光窗给堵上的工作可能是修司自己动的手，也可能是秘密安排找人来做的。他连建筑行业都有涉及，对他来说，这并非难事。

封住尸体时候，把贤木先生的单反相机带入房内并放在旁边一定也是月穗的请求。可以想象这和在棺材中放入已故之人爱用物品的心情是一样吧。

一起放入的日记簿恐怕是为了隐藏证据。记载着类似自杀前“遗书”的文字被人在卧室或是书斋中找到，就这么放着不管的话想必会很不妙。所以，虽然丢弃或是烧毁是比较好的处理办法，但不这样做是为了，如果演变成最糟糕的情况，这或许能当作一个“保险”。

万一“不存在”的地下室暴露，尸体被人发现了。到那时，为了找个托辞，这份“遗书”日记也可能成为有力的证据——证明贤木晃也原本就是自杀的。

## 3.

“那间地下室好像原本是作为暖炉室来建造的。”

鸣看了一眼圆桌上那本合着的素描簿，补充说道。

“据说是点燃巨大的煤炭暖炉，排出的烟通过在宅邸重要的地方架设的烟筒，以达到冬季供暖的作用。但很久前已经不使用了，从贤木先生的父亲入住那间屋子以来，就这么闲置在那里。”

“那么小想手中捏着的黑色小石子是煤炭？”

“没错。”

对我的提问，鸣点了点头，

“应该是他在一片漆黑中胡乱摸索的时候，碰巧捡到很久前的煤炭碎块吧。”

……话说回来。

比良塚想八月二日晚上，到底是如何进入那间地下室的呢？房门和采光窗全都被堵死，理应没有可以出入的间隙才对。

“好像是偶然。”

对我提出的问题，鸣斩钉截铁地回答道。

“偶然？”

“那种用途的地下室里，原本就有从外面直接运送煤炭的通道或是洞。想好像就是通过从地上斜通到地下室的管道进到里面的。”

想象成建筑的垃圾井筒就行。

“早就没人记得有这种东西的存在，月穗他们也毫不知情。封堵采光窗和房门的时候也没注意到吧。室内一侧有煤炭掉落的窟窿，大概被破烂或是其他东西只堵住了一半。”

“想找到了那个？”

“好像真的只是无意间发现的。那天，虽然他察觉到地下室采光窗的数量减少，但他又不是正牌幽灵，无法穿门过墙。于是走投无路，在附近徘徊的时候，碰巧发现地面上有个古老的铁盖，他试着打开……”

“然后就从那里进去的啊。”

“本人似乎完全不明就里。实际上感觉像是掉进洞里。还受到了意想不到的冲击。浑身上下都是那时候受的伤……”

据说八月二日那晚，鸣把想从地下室中救出来之后，等待着她们的是各种各样的麻烦事。那是自然——我可以想象得到。

“当时虽然有点犹豫，但还是第一时间联络了我妈。简短地交代了一下事情经过，希望她和爸爸来一次。”

“比良塚家没有因为想消失不见而发生骚乱吗？”

“似乎根本没有察觉到。”

鸣回答道。也许是我的心理作用，她的声音中流露出失望之情。

“自从五月份那件事之后，小想就经常躲在房间内，闭门不出。那天，月穗似乎也不知道他傍晚时候外出了。”

“唔。听你这么一说总感觉……”

小想在比良塚家中独孤的身影好像就在我眼前一般。五月那件事以来，家庭氛围基本上是那样子吧。

“那之后又发生了很多事……最后，警察也来了，小想被送到医院，我也接受了警方的许多盘问……”

鸣告诉我说那之后，关于事情如何处理，还有很多不清楚的地方。在地下室发现尸体的事情没有大肆报道出来。结果不知为何，也没有以遗弃尸体或是其他嫌疑逮捕比良塚夫妇。

只是，比良塚修司放弃参选预定于初秋举行的选举。这其中又有什么大人之间的交易，就不得而知了。就算鸣试着向母亲询问内情，得来的也尽是敷衍的答案。

## 4.

比良塚想为何对自己“贤木晃也幽灵”的身份深信不疑呢？

知道会被鸣说是庸俗，但在那之后我还是不由自主地尝试去对此作出解释。以她刚刚提示的关键字为线索——

“小想非常喜欢贤木先生。对他来说，贤木就犹如父亲或是兄长一般的存在，所以……”

† † †

你想变成大人吗？还是不想？

……无所谓。

无所谓？

小孩子不自由，……但大人也很讨厌。

很讨厌吗？

因人而异吧。我希望快点成为讨人喜欢的大人。

† † †

“一方面小想讨厌大人。可以想象，也许除了贤木先生以外的大人他基本上都讨厌。和月穗小姐再婚的比良塚修司；和修司之间育有一女，并把全部的爱情投注到她身上的月穗小姐；大概连学校的老师们都在此之列吧。

因此，小想是这么认为的吧。

希望快点变成讨人喜欢的大人。也就是说想要变成像贤木先生一样的大人……”

† † †

人死后会怎么样？

——嗯？

死后会去到“那个世界”吗？

哎呀……怎么说呢？

† † †

**存在幽灵吗**？灵魂留在“这个世界”后，会变成幽灵吗？

正经的大人会回答你没有幽灵吧，这是他们的职责。……嗯嗯，但或许存在幽灵哦。

哦。

可能只是我希望存在吧。好啦，就算存在，也不是每个人都会变成幽灵的。

† †

“那样的贤木先生在他面前死去了。

如今自己最最喜欢的人，将来唯一想成为的大人榜样，那样的贤木先生就这么死了。

小想不想接受‘贤木先生已经不在了’的事实，但是死者不会死而复生。”

失去了将来想要成为的“理想大人”的楷模。不能变成和那个人一样，不如继续当个不自由的孩子还好点。不过总有一天，就算自己不愿意，也会变成大人。

† † †

即使死了，有些人会变成幽灵，而有些人不会吗？

据说对这个世界怀有怨念或是留恋的人，死后才会变成幽灵。

像是受到很过分的对待而惨死的人？阿岩那种？

听说变成怨灵后，会向过分对待过自己的人进行复仇。其他的嘛，比如还没有向重要的人传递自己的思念就死了的，或是没有被众人好好吊唁过的……

† †

"假如那一晚，月穗她们叫了救护车和警察，把贤木先生的死公之于众，好好地举办葬礼和进行安葬的话——

那么或许小想就不会变成'幽灵'了

然而现实却截然不同。

月穗小姐要求小想忘记那晚发生的事情，并对他施加暗示……加之受到了巨大打击，实际上的确封住了那晚的记忆，而心灵也随之封闭起来。贤木先生的死亡被隐瞒，没有被众人好好吊唁过……由此小想心中的‘贤木晃也的幽灵’苏醒了，时不时地会在各处现身，但是在他看来，某种意义上，这同时实现了他两个愿望。

一个是希望贤木先生继续留在‘这个世界上’。即使死了，也希望他变成幽灵，留在自己身边。

另一个是希望自己现在能变成‘讨人喜欢的大人’，而不是‘讨人厌的大人’。与其成为‘讨人厌的大人’，还不如一直是个孩子。不过总有一天，就算自己不愿意，也会变成大人。那么现在变成‘最喜欢的大人贤木晃也的幽灵’就好了。这样子某种意义上来说，也是希望能把自己的时间停下吧……”

† †

我曾想过……人死后，说不定会在哪里和大家重新连系在一起，心心相连。

“大家”是指？

之前死去的大家。

† †

“就这样，小想化身成为‘贤木晃也的幽灵’苏醒了过来。偶尔会出没于各处，随着一点点取回作为‘幽灵’的记忆，他开始寻找不明去向的贤木先生的尸体……从那时开始，已经算是一种类似‘代理’的行为了吧。

与其说是为了实现自己的愿望，不如说是彻底变成‘贤木晃也的幽灵’，为了贤木晃也而行动。找出尸体公之于众，这样，本该应有的‘死亡’大白于天下的话，自己，也就是贤木晃也，就能和‘大家’连系到一起。这是他一直所期盼的事情，因此……”

## 5.

“你觉得怎么样？”

我结束了庸俗的解说后，紧张地窥探鸣对此的反应。

只见她一本正经地抱着胳膊，回答道：

“马马虎虎。”

我不由得把她此时的形象和某个时候的千曳老师重合到一起。

“这原本就是没有正确答案的问题，不过……”

“不过什么？”

“虽然这样比喻有些俗气，但我总觉得那个‘幽灵’就像海市蜃楼一样。”

“海市蜃楼？”

说来，鸣讲述的故事中有过在绯波町的海面可以看见海市蜃楼的片断。

“没错。”

鸣闭上右眼，回答道，

“时隐时现的迷幻风景。由于空气之间的温度差造成光线折射，使得原本的景象出现在别处，或是伸缩，甚至整个倒转过来……可谓是歪曲的虚像。”

“啊，嗯。”

“周围的人们眼中的名叫比良塚想的男子实像。然而，那孩子眼中的自己却是宛如海市蜃楼一般歪曲的虚像。那就是‘贤木晃也的幽灵’。”

“啊……”

“所谓的空气间的温度差，换句话说就是空气中所含分子的动量差，也可以说是单位时间内密度的差别。”

“原来是这么一回事啊。”

“代入小想的状况中，产生折射的原因是内心的温度差。像是心中‘悲伤’的密度之类。由于它过高，导致本来的姿态扭曲，变成了虚像。”

说完，鸣“呼”地吁了口气。我“嗯、嗯”地点了点头。

与其强词夺理地进行解释说明，还是这种比喻方式更切合实际。虽然我如此认为，但是——

“顺便再庸俗地提一下。”

我说道，

“你考虑过这样的规则吗？”

“规则？”

“也就是‘贤木晃也的幽灵’的认知模式。”

“哦？”

鸣兴致盎然地看着我。

我再次紧张了起来，接着把方才大脑中思考总结的那个问题说了出来。

“小想变成‘幽灵’出没的时候，他是如何认识自己的呢？不可能任何时间、任何状况下都相同才对。我觉得大致可以分成这样几类……”

接下来，我开始向鸣解释以下三种模式。

第一种情况，只有他一个人的时候。“贤木晃也的幽灵”把比良塚想的实体当作不存在之物。因此即使小想望向镜子，也看不见自己，也就是想的身影。

第二种情况，和其他人在一块儿，但他和旁人都能看见想的存在。这时，“幽灵”也会认识到想的存在，重新构筑了类似灵魂出窍的灵魂视点，以便捕捉到自己，也就是想的身姿，并能听到他在说话。

第三种情况，即使和其他人在一起，也有人能看见变成“幽灵”的自己（他自己这么认为）。当和那人两人单独相处的时候，会参照第一种情况，把想当作不存在。

“而适用于第三种情况的唯一对象，也就是你，见崎鸣。”

我一面回忆着她所说故事的细节，一面继续说道，

“例如，‘幽灵’现身于崎家开茶会那次。你感觉上像是对他发出了邀请，一个人走到阳台上。为了追你，小想也来到了外面吧？然后一旦只有你们两个人，他便变成‘幽灵’开始向你搭话。但是这时候，当时在场的想就被当作不存在之物。

然而，你父亲也出来了。因为你父亲把在场的小想当作存在的人来对待，于是‘幽灵’便不得不切换自己的认知模式，变得无法和你直接说话，开始慢慢消失……对吧。”

“确实如此。”

过了一会儿，鸣点了点头回答道，

“是有这种感觉。”

“这里——”

我进一步往下说道，

“让我非常在意的问题就是，为什么小想会产生误解，认为你的左眼能看见并且一直都能看见变成幽灵的自己。”

关于这点，我想要认真地确认一下。

回顾刚才鸣所说的故事，不知为何总感觉不可思议。因为两人在今年夏天，第一次在“湖畔之家”的书斋中相遇时的状况，怎么想都是“鸣一摘下左眼的眼罩，原本看不见的幽灵就变得看得见。”

“那个啊——”

鸣把手指放在眼罩边缘，轻描淡写地回答道，

“那也是多个巧合累积到一起，产生的结果吧。”

“巧合累积？”

“没错，那天我去‘湖畔之家’，弄倒自行车的时候，瞄到二楼有人影。由此认为一定有人——至少小想应该在屋子里。于是我试着按下玄关的门铃，却没有人应门。接着便绕到后门，进入屋子后，发现有双尺码比我还要小号的脏脏运动鞋放在那里。”

然后鸣便上到二楼。由于是通过书斋窗户看见的人影，就直接去往那个房间——

“恰好踏入房间的时候，我的注意力被正对面墙壁上猫头鹰时钟的报时声，以及装饰架上我妈妈的人偶所吸引……”

在这个时间点上，站在进门左手边尽头书桌前的想的身姿，对遮住了左眼只有右眼的鸣来说，就是视觉的死角。

“只是单纯在物理层面上看不见他罢了。”

鸣指了指自己的眼罩说道，

“不过，那之后——”

“你把眼罩摘掉了。”

“我觉得被弄脏的眼罩太恶心了，就摘掉了。然后与此同时，窗外的乌鸦一起飞了起来……”

乌鸦？啊，如此说来确实有这么一回事。

“我吓了一跳，马上看向窗户。当时虽然是阴天，屋外还是挺明亮的，不过房间内有些昏暗。但是由于乌鸦划过窗外，使得

外面变暗，一瞬间明暗发生逆转。窗户上映照出了室内的样子。于是——”

“啊……原来是这样子。”

我的脑中以绘画的形式重现了当时的状况，借此终于完全理解了。鸣继续说道：

“于是，那时恰好我看见映在窗户上的想的身影。当然是透过右眼，而不是左眼。然后突然回头，就看见那孩子站在书桌前。所以，我……”

——为什么？

鸣不由得自言自语道。

——你为什么……在这种地方？

——你看得见我？

想惊慌失措地问道。

——看是看得见……

鸣如实地回答道。

“这之后，和小想的对话一开始虽然有些牛头不对马嘴，但是那孩子接着便开始认真严肃地说出‘贤木先生已经死了’‘自己是幽灵’之类的话来……结果我试着配合他的话题，听他详细地讲述至今为止发生的所有事……在听的过程中，我逐渐了解了他现今的精神状况。于是便觉得在那时指出‘你其实是想啊’并不是非常恰当。”

“于是你为了确认些事情，便在第二天拜托你母亲，招待比良塚家的人来别墅聚餐。”

“你说的没错。”

鸣用中指斜着轻抚自己的眼罩，说道，

“贤木先生到底怎么了？换言之，首先需要确认的是小想说的有多少是真话。而且我也想观察一下，和月穗在一起的时候，那孩子是什么样子……”

我没有点头，而是深吸了一口气。

本以为已经习惯了这间地下室中的气氛，然而感觉人偶们散发出“虚无感”渐渐把我给吞没。甚至有种虽然我们现在这样子在讨论“真相”，但会不会其实我们本身才是“海市蜃楼”呢这种感觉……

或许是察觉到这点，鸣开口提议道：

“要不我们换个地方？去一楼的沙发那儿坐坐吧。这个故事也快画上句号了。”

## 6.

仔细想想，这还是我第一次进入没有天根婆婆的一楼展览室。由于是休馆时间，平时流淌于馆内的弦乐也消失无踪。没有开空调，和地下室相比稍许有点闷热——

在鸣斜对面的沙发上落座后，我发现能非常清晰地听见她的呼吸韵律及其细微的变化……事到如今，甚至有些坐立难安、心跳加快的感觉。

鸣原本似乎打算把带上楼的那本素描簿放在沙发的扶手上，但在自言自语说了一句“还得等一会儿”过后，又重新把它放到自己的膝盖上。我一面在意着她此举有何深意，一面开口说道：

“对了，话说回来，那个打电话给贤木先生，叫 Arai 的朋友是怎么一回事呢？结果到最后还是不清楚？”

“这个么。”

鸣一边微微地左右晃动了下脑袋，一边打开素描簿。我以为又要给我看她去年所画的“湖畔之家”……但看来我想错了。

只见她翻到快接近封底的地方，有个蓝色信封夹在书页当中。

“我已经确认过了。”

鸣若无其事地说道，

“毕竟我也很在意，于是那晚——在搜索想的路上，我突发奇想地去打了一个电话。”

“哎？”

“大厅里电话主机的来电显示留有他的电话号码。我便试着拨通了那个号码，询问对方‘是 Arai 先生家吗？’。”

“——然后呢？”

“接电话的是个有些年纪的男人。对于我的问题，他回答说‘你打错了’，看来不是本人的样子。于是我又重新问他‘那么，请问您那里有个叫 Arai 的人吗’，他粗鲁地回答我说‘没有’。”

就在我思索着这究竟是怎么一回事的时候，鸣取出夹在素描簿中的信封，从中抽出某样东西。

“好啦，你看。”

鸣递给我的是一张照片。我定睛一看，情不自禁地发出一声感叹。

“这莫非是？”

“拍摄于十一年前夏天，贤木先生‘满载回忆的照片’。”

“这个……”

我目不转睛地看着照片。画面右下方准备地印有“1987/8/3”的拍摄日期。

以湖为背景站着五名男女。站在右端的应该是贤木先生吧。虽然年龄与外貌和之间鸣给我看的前年的照片不一样，但的确是同一个人。其他四个人是当时夜见北三年三班的学生……

“还有这张便签。”

我接下鸣递给我的便签纸，审视了一下他们的姓。

从右开始依次是“贤木”“矢木泽”“樋口”“御手洗”“新居”。

就如同鸣所提到的一样，在“矢木泽”和“新居”的下面打了X，在旁边附注有“死亡”的字样。

“然后我在电话中装傻充愣，又问他，‘冒昧地请问您贵姓？’，对方给出的回答是——”

鸣把视线投向攒在我手中的相片，接着说道，

“我姓 Mitarai。”

“Mitarai？”

“就是这张照片从左数过来第二个、穿着绿色 T 恤、微胖的眼镜男。好像就是他，叫御手洗[①]。”

“不过电话留言上听到的是 Arai……”

我刚开口，就瞬间恍然大悟，

“难道说那个 Arai 指的是……”

“会不会就是御手洗先生的绰号，或是朋友之家的爱称呢？‘御手洗’的‘洗’可以念作 Arai。”

“那么这里下面打有 X 符号的新居（Arai）是？”

“和那个人一样都叫 Arai 就会搞混了吧。所以呢，我觉得应该是念法不一样。比如说他不是叫 Arai，而是叫 Niii。”

“哈——”

“以前死去的那人叫新居[②]。御手洗还活着。那之后他又继续和贤木先生有所来往。偶尔也会通下电话。……所谓的要事大概就是想借点钱之类的吧。”

这样弄清楚之后，真相简直像笑话一样。对不知道 Arai 指的就是御手洗的“贤木幽灵”想而言，听到理应死去的人来电话，想必一定非常吃惊并陷入了混乱吧。

话说回来——

为什么现在这张照片在鸣手上。是她擅自从“湖畔之家”的

---

① 御手洗（みたらい）日文罗马字为 Mitarai

② 新居的另一种写法为にいい（Niii）

书斋中带出来了吗？还是……

我望向鸣的手边。

只见能放入照片大小的淡蓝色信封上，隐约可见写有收件人的信息并贴有邮票。

是谁寄过来的吗？那么是谁呢？

就在我打算这么问她的时候，鸣抢先一步说道：

“对了，榊原，看这张照片的时候你注意到什么了吗？”

## 7.

“什么是指？”

被这么一问，我便把视线重新落在十一年前的照片上。

照片上的是一九八七年就读于夜见山北中学，三年级三班的学生们。贤木晃也邀请他们来绯波町的“湖畔之家”，暂时免于被“灾厄”所波及，和平地度过一个暑假。然而那之后，除了贤木，回到夜见山的四个人中，矢木泽和新居两个人丧了命。

“……是什么呢？”

我看着鸣的脸庞问道。

只见她眯细了右眼，回答说：

“你没有注意到照片上有不自然的地方吗？”

“哎？”

我开始重新审视照片。

不自然的地方？不自然的……

“啊……”

是这里？

右端的贤木晃也和站在他左侧的名叫矢木泽的女孩子之间，这个……

“贤木先生和旁边的矢木泽小姐，这两人之间站得有点开吧。”

鸣说道，

“你不觉得有些不自然吗？就好像……”

“嗯，就好像……”

我一边回应道，一边开始回忆往事。八月份班级合宿的时候，在“咲谷纪念馆”门前拍过两张照片。

每张上面都有五个人。

第一张上依照顺序分别是我和鸣、风见、敕使河原，还有三神老师。第二张照片上，敕使河原由望月所替代，他紧贴地站在“憧憬的三神老师”身边……

……“嗞，嗞嗞嗞”的重低音开始在我脑内轰鸣。

如果五年后，十年后，我再看那张照片，那时在眼前呈现的会是怎样一幅场景呢？随着时间的流逝，今年的“多余之人”，也就是“死者”会在我们的记忆中逐渐淡去，直至消失……嗞，嗞嗞嗞……她也会从那张照片中消失。然后一定会留下不自然的空隙，因为原本被拍进去的人不见了。

“这个……”

我仍然看着手中的照片，说道。不知何时，空着的另一只手正按在自己胸口，由于呼吸困难，说话的声音中夹杂着喘气声。

“难道这里原本——也就是贤木先生的旁边还有其他人被拍进去了？”

“你有这种感觉？”

“嗯。”

“我也是这样觉得的。应在照片上的某人一定是十一年前，混入三年级三班的‘死者’吧。然后呢——”

鸣故意卖了个关子，以纤细的指尖由上至下地轻抚白色的眼罩。就像是在说“你应该已经知道我接下来要说什么吧。”一般，但我完全不得要领。

“然后呢。”

鸣继续说道，

“那个某人会不会就是贤木先生的初恋情人呢？”

“哎？”

“因为他和小想多次的互动中，曾说过这样的话啊……”

† †

是吗。——对了，你有谈过恋爱吗？初恋呢？

……

没有么？

不……**有过。**

那是什么样的一种感觉，快乐的还是痛苦的？

那是……哎，我可能没有资格回答这个问题吧。

为什么？

**……因为想不起来啊。**

† †

嗯，我确实记得很喜欢过那个人，非常……喜欢。但是……

但是？

**我就是想不起来啊。到底那个人是谁呢？**

† †

“我曾提到过‘湖畔之家’二楼有间房间里堆满了关于‘灾厄’的资料吧。那个房间的墙壁上写有‘你是谁，你到底是谁’的文字。”

“啊，嗯……”

“拍摄这张照片的暑假时，包括贤木先生在内的大家都不可能知道那年的‘死者’是谁。没有办法得知。会不会贤木先生就是在那时喜欢上她的呢？在不知道她就是‘死者’的前提下……”

一九八七的毕业典礼结束后，那一年的“现象”画上休止符，“死者”也随之消失，为了合乎逻辑，众人被篡改的记忆也恢复原状。那一年她的存在被完全抹消，从当事者们的记忆中断续地逐渐消失。

就算贤木晃也对她抱持有恋心，他的记忆也决违背不了这个法则。

贤木先生或许是从夜见北的同窗，比如就是从御手洗那里了解到那一年的“死者”就是她。即使她已经消失了，但是曾经爱过她，非常喜欢她的这份心情依旧在他的心中。然而对方的姓名、声音、容貌，曾经交谈过的话语以及一起度过的时间……等等记忆，都随着时间流逝而变得越来越淡薄，直至消失殆尽。好多年以后，有关她所有的一切，贤木先生怎么也想不起来了。于是——

于是，他就……

## 8.

“贤木先生向往死亡，最重要的原因或许就是这个吧。”

数秒沉默过后，我如实地说出了心中的想法，

“死了的话，就能和先前死去的‘大家’连系到一起。与其说是‘大家’，他想要与之有所连系的会不会只是‘她’呢？”

“可能吧——”

鸣稍许垂下眼帘，回答道，

“毕竟我也不是很清楚这种感觉。”

“是这样吗？”

“我大概没有像他这样如此喜欢上一个人吧。”

“大概？”

“没错。大概——”

我小声地叹了口气后，又把目光重新聚焦到十一年前“满载回忆的照片”上。

贤木晃也和矢木泽之间不自然的地方。无论盯着看多久，那里都不会出现任何人的身影。

照片中的贤木晃也当时十五岁，左手握着茶色木杖，右手叉腰，对着镜头绽放出灿烂的微笑。正因为那笑脸显得如此开心，反而给人一种郁郁不乐的感觉。

“最后留下的谜，你解开了吗？”

就在这时，鸣开口问道。

“谜？”

我视线上扬，问道。

“就是贤木先生临死之际说的话。”

“啊……就是那个‘tsu’‘ki’？”

“没错。”

“这个嘛……”

果然指的还是‘月穗’的“Tsuki”吗？——我如是想道。

比如在最后的最后，想要对企图阻止自己自杀的她说些什么吧，或者——

“还可以进行一种牵强附会的解释，那就是把它当做推理小说中 Dying Message[①] 来看。”

“哦？”

鸣惊讶地眯细了右眼。我开始阐述自己的想法。

“例如，月穗小姐实际上是故意把贤木先生推下去的。最后从二楼掉下去的时候，贤木先生感受到来自于她的杀意，于是就……”

“这是想要传递给我们信息：犯人就是月穗小姐？”

“算是吧，不过只是他的主观认识。”

听了我的话，鸣有些不满地撅起了嘴，对我怒目而视，然后说道：

“意见驳回。如果是这样子的话，小想目击到的贤木先生死前的表情不是很奇怪？他告诉我说当时贤木先生宛如得到解放，变得自由一般，表情从痛苦、恐惧、不安不可思议地变得安详恬静。而且‘tsu’‘ki’就是在那时说出来的。”

“嗯，听你这么一说，倒也是。那么……”

那么究竟代表的是什么意思呢？我感到非常疑惑。

---

① 意报“死亡信息”。

他到底想要在最后的最后说些什么呢？

“最近我去了次第二图书馆，去找千曳老师。”

鸣说道。我稍微有些摸不着头脑。

“你怎么又去了？”

“想让他给我看一下那个档案。”

那个是指……千曳大叔的那个档案？那本封面漆黑的档案夹中，把从二十六年前“开始的那一年”直到今年为止，二十七年间三年级三班名册复印件全都装订至一起。

“由于‘现象’而被篡改或是最后恢复原状的记录中，不知为何，似乎只有那个档案中的部分资料逃过了一劫。特别是‘发生年’的‘死者’姓名。于是我就想要调查一下。”

说到这儿，我也终于察觉到了。

“你是要确认八七年的‘死者’是谁吗？”

“贤木先生并不知道这件事。如果知道的话，一定会跑去确认。”

因为他早早地转校了，所以也没有机会和千曳有所接触。因此也不会知道那份档案的存在——

“于是呢，我终于知道了八七年‘死者’的姓名。”

“贤木先生初恋情人的名字？”

鸣默默地点了点头，回答道：

“她叫 Satsuki。全名 Sinomiya Satsuki。”

鸣告诉我说，“Sinomiya”写作“四宫”，“Satsuki”写作

“沙律希”。

“明白了吗？所以……”

“‘tsu’‘ki’指的是沙律希的‘Tsuki’？”

“看来贤木先生临死之前想起了她的名字——沙律希。所以表情才会变得那么安详——”

一开始的“sa”没有发出声来，“tsu”和“ki”勉强听得见。之后嘴巴张圆——看上去像是元音“o”——实际上只是安心地吁了一口气而已。或许是打算接着说：“我啊……”之类的话吧。

“好了，终归只是我的想象罢了。”

鸣补充道，这次轮到她小声吁了一口气。

## 9.

十一年前的Sakaki和Satsuki……

我一边凝视着手中的照片，一边不由得沉浸在发现偶然的想象中。

Satsuki改变汉字写法的话，就会变成五月（Satsuki），说到五月，就会自然会想到May——鸣[①]。

啊啊啊，我究竟在乱想些什么啊……

……嗞，嗞嗞嗞。

---

① 鸣的日语假名写法即是メイ（mei）读音近似May。

为了赶走不知在何处又响起的重低音声，我慢吞吞地晃了晃脑袋。

“这个是今天寄到的哦。”

忽然，鸣指着原本夹在素描簿中，如今放置于桌上的淡蓝色信封，说道。

“谁寄给你的呢？”

我问道。

“小想。”

鸣回答道。然后再起拿起信封，

“除了这张照片和便签纸，还附带有一封信。”

鸣从中取出和信封相同颜色、对折过的信纸，递给了我。

“我能看一下吗？”

“行啊。”

信纸上书写有如下文字，字迹成熟漂亮。

> 我已经没事了。
>
> 请您收下这张照片。
>
> 不需要的话扔了也行。
>
> 明年春天我也是中学生了。
>
> 盼望着能何时再会。

我一语不发，把照片和便签以及信纸一并还到鸣的手上。她也一句话都没说，把它们按照原样装回信封中后，把信封翻了个面，叠放到素描簿上——

就在这时，写在信封背面的寄件人地址和姓名自然而然地映入我的眼帘。有一瞬间，我没能理解其中代表的含义。甚至无意中发出了“怎么会”的声音。

“怎么会……从什么时候开始的？”

我向鸣询问道。

“具体情况我也不是很清楚……应该是在绯波町的那个家里呆不下去了吧。”

“但是，这个地址……”

“可能是亲戚或是熟人。他目前是被寄养在那里。”

“哦，不过……”

一时间，我的目光无法从那行字上移开。虽然我无论如何都无法抑制住在胸中扩散开来的不安，但我强烈地感觉到不可以在这里说出来。

明明没有开空调，我却感觉到了丝丝凉风。

住址栏上横着写有如下字样“夜见山市飞井町 6-6 赤泽家”。

然后下面的署名并非是“比良塚想”，而只是单单一个“想”字。

# 后记

我在执笔《Another》时，原本只把它当做作一本完结的长篇来创作。

至少以一九九八年的夜见山为舞台，榊原恒一与见崎鸣的故事就到此结束了——本该如此，但是杂志连载结束，出版了单行本后，我从没预料到会开展如此各式各样的多媒体组合，因此想法也逐渐改变。暂时想要再多写一些关于十五岁少女见崎鸣的故事。

于是我想到的就是暑假班级合宿前，鸣离开夜见山，和家里人一起去了海边别墅的这段“空白的一周”。或许可以以这段时间为背景，创作一个她和恒一不知道的某件事扯上关系的故事。

经过深思熟虑过后，我终于有了个大体的轮廓。

题目——《Another episode S》是最先确定好的。

“episode S”的S有很多种含义，例如代表夏天summer的S，海边seaside的S，既是秘密secret的S，又是叙述者“另一个sakaki”的S……甚至可以说是尸体①的S，或是海市蜃楼②的S。

不过，当初这部作品只是定位为《Another》的外传、衍生作品。但是既然女主角还是见崎鸣，已经感觉不像是衍生作品了。加之，鸣告诉恒一此次“案件”的来龙去脉，是在

① 尸体日语的写法为：死体したい（sitai）

② 海市蜃楼日语的写法为：蜃气楼しんきろう（shinkirou）

《Another》正篇结束之后——一九九八年的九月底。因此，从事情发生的先后顺序来看，我觉得将其称作为“续集”也不为过。

尽管两者有着同样的主旋律，就是都和发生在夜见山北中学三年级三班难以对付的“现象”有关，但是本作和《Another》正传相比，风格有很大的不同。或许存在让读者困惑的倾向，但如今写完之后，我感觉这样的故事编排还是有其必要性的。完成之后我也有这样一种感觉，某种意义上这还真是一部很有我绫辻行人风格的作品。

很高兴您能喜欢。

好了，我还有许多关于《Another》下一部续作的构想（或称之为妄想？）。

虽然无法断言会在哪个时候写哪个点子，但是付诸实现的日期，很大层面上还是取决于各位读者诸君的要求。剩下的就是我的精力和体力的问题了——不管怎样，我想暂时充充电，让妄想再膨胀一些。

在杂志《小说屋 sari-sari》全十回连载的过程当中，负责我的编辑金子亚规子女士每次都帮了我很多忙。我无论如何都要对她表示感谢。接下来，还要感谢在构思阶段给了我许许多多极具刺激性提案的井上伸一郎先生。负责装帧插画的远田志帆小姐和铃木久美小姐自不用说，还有深泽亚季子小姐、伊知地香织小姐、中村僚先生以及其他对我关照有加的角川书店的诸位，借此地对各位表示由衷地感谢。

2013 年夏初<br>绫辻行人